Temperino rosso
edizioni

Attilio Fortini

Metafisica del successo

Titolo: Metafisica del successo

Autore: Attilio Fortini

Editore: Temperino rosso edizioni

Prima edizione 2014

© 2014 Temperino Rosso Edizioni Fortini

ISBN 978-88-98894-10-9

Metafisica del successo

A Chicchi

Prefazione

Nella società moderna il continuo avvento di strumenti tecnologici offre ormai anche la possibilità di una continua modificazione della percezione di sé. Questo moltiplicarsi di "riflessi" in cui l'uomo appare sensibilmente, possiede certamente il pregio d'aumentare il grado di consapevolezza di come gli altri *ci* vedono, ma allo stesso tempo stabilisce anche una sorta di dipendenza nei confronti di questa rappresentazione. L'individuo osservato da sempre maggiori parti, esposto a sempre maggiori sguardi, è anche sempre più portato a cercare d'avere un controllo della visione che si può avere di lui. Egli agisce questo controllo attraverso il tentativo estremo di coincidere sempre più con la sua esteriorità, in modo da trascurare quell'idea di sé che invece gli proviene dall'intimità del suo autopercepirsi. Egli in questo modo perde la ragione della sua originalità e, tendendo a conformarsi sempre più ad un'idea funzionalistica della società, ossia a come appunto le *necessità* sociali richiedono di vederlo, si ritrova disorientato e rischia di perdere il senso della sua stessa originalità.

La "riflessione" di sé in quell'immagine che lo strumento tecnologico offre, produce dunque un'identificazione sempre più vicina ad un rapporto d'uguaglianza con ciò che è percepito esteriormente; ciò finisce per strutturarsi come una sorta di nuova coscienza di sé in cui l'uomo si ritrova per lo più ad oggettivarsi.

Questo nuovo modo *d'aver coscienza di sé*, ha dunque come fine anche un nuovo se stesso, nel quale l'atto d'identificazione non risulta più essere solo l'ipotetica interiorità dell'individuo, ma piuttosto ciò che é dato nella visione *obiettiva* degli altri.

La rappresentazione tecnologica dell'uomo, va però detto, non ha modificato il suo carattere metafisico, anzi, nel suo affermarsi è proprio questo carattere che viene maggiormente alla luce. Attraverso questa rappresentazione ciò che si evidenzia è proprio il legame che esiste tra uomo e uomo. Difatti se probabilmente un secolo fa era ancora ipotizzabile pensare un individuo con un sé uguale solo a sé, ossia un individuo che fosse esclusivamente se stesso, che s'identificasse solo con la sua coscienza e fosse in opposizione assoluta a tutti gli altri, oggi questo tipo d'uomo non è più per nulla credibile. Vi è dunque nella rappresentazione tecnologica dell'uomo l'evidenza di un legame ineluttabile: l'evidenza del suo carattere umano. Questo si afferma soprattutto nel fatto che l'uomo d'oggi non può più immaginarsi *astratto* da questo legame. Allo stesso tempo è ormai anche necessario che questo legame vada però riconsiderato, ovvero ripensato in termini che siano coerenti con quella nuova idea d'uomo che la rappresentazione tecnologica ci sta ormai offrendo. Ciò che va dunque ripensato è principalmente un nuovo modo di fare uomo, di fare umanità.

Il successo a questo punto non può più essere considerato solo come un modo d'affermare se stessi, proprio perché questo se stesso è ormai un concetto vuoto e privo di significato. Esso trova invece la sua motivazione, piuttosto che nella cognizione assoluta dell'individuo, in quella fattiva che lo fa essere una realtà inscindibile dal suo contesto. In questa, proprio perché appartenente all'idea universale d'umanità, egli non è solo singolo uomo, ma *essere umano*. In effetti è proprio in quest'idea che ha senso il successo, è nell'umanità che può realmente operare la *creazione di divenire* dell'uomo, la sua reale emancipazione, l'effettiva possibilità di *succedere*; e ciò può avvenire perché la storia non è più solo quella del singolo, ma appartenendo questi ad un'idea universale, è Storia dell'umanità.

Questo divenire dell'umanità nella sua Storia, richiede però un soggetto che non sia astratto, richiede un uomo reale, non la sua immagine; un uomo capace d'agire, di scegliere, di rapportarsi agli altri, e che non sia semplicemente un loro suddito. Ciò che va quindi riconsiderata è anche l'idea del singolo uomo nel suo modo di partecipare all'umanità, ossia senza che egli possa perdere il nucleo originario di ciò che lo anima, senza perdere il principio esclusivo della sua unicità, questo perché è solo su questa base che un divenire può prodursi nella novità piuttosto che nella ripetizione, e che un destino comune può essere costruito piuttosto che solo subito.

Esordi di senso

Quando un bimbo viene alla luce il primo atto che rimarca il suo essere in vita è il suo vagito. E' tramite questo atto che egli afferma d'essere nato. Senza quello la sua venuta alla luce sarebbe solo il prodotto di un parto, mentre attraverso il suo pianto, il bambino, afferma lui stesso d'essere nato.

L'esistere non è una semplice presenza, non è un semplice esser-lì o esser-là. Per potersi manifestare come ciò che compie la vita, l'esistere non può esprimersi semplicemente come una presenza, ma deve manifestarsi attraverso un proprio movimento, deve profilarsi come un'attività, ossia deve essere un movimento che ha in sé, e non fuori di sé, il suo motivo.

Quest'assunto pertinente alla definizione dell'essere in vita, non è però riconducibile solo alla sfera biologica, ma individua correttamente anche quel tipo di vita che valutiamo generalmente come attiva, ossia quel tipo di vita agito espressamente da ogni singolo individuo in modo cosciente.

Un uomo non è dunque nulla se non attraverso quello che fa. Per essere qualche cosa, o meglio, per essere qualcuno, si deve perciò fare qualcosa. Lo stesso principio d'individuazione, quello che offre a una qualsiasi cosa la sua singolarità, si realizza attraverso degli atti di discernimento. Ma se per l'identificazione individuale è sufficiente possedere delle caratteristiche fisiche, tipo l'altezza, il peso, il colore della pelle ecc., per possedere l'individualità si debbono compiere delle azioni: l'uomo che cammina, che mangia, l'operaio, il pittore...

Ora, quello che mi sembra interessante comprendere è come gli atti umani determinino l'esistenza, come giungano a caratterizzarla nella sua essenza propria, che è appunto quell'atto principale d'ogni vivere, ossia dell'essere in vita.

In rapporto a ciò le domande che vorrei porre sono dunque relative al poter comprendere perché per l'uomo non è sufficiente possedere un'identità; in altre parole: perché egli *deve* agire, perché deve prodursi come individualità piuttosto che dimostrarsi nella semplice presenza.

In secondo luogo invece, quello che mi pare opportuno approfondire, è cercare di comprendere ciò che caratterizza l'aspetto decisionale: perché si deve scegliere un determinato movimento piuttosto che un altro, perché ci si deve muovere in una determinata direzione piuttosto che un'altra, e, in conclusione, perché si deve possedere questa possibilità di scelta.

E' chiaro che questo discorso ha più implicazioni; parlando d'atti umani ci troviamo a dover fare almeno tre distinzioni: la prima comprende quegli atti che generalmente definiamo come legati alla sfera biologica, cioè quelli sui quali non abbiamo un controllo cosciente. In questo caso l'intelligenza biologica, installandosi nel nostro apparato genetico, si è completamente alienata da un controllo cosciente, per cui i movimenti che da essa derivano si autoregolano senza la necessità di un intervento sia della coscienza che della volontà. Si può qui pensare alla crescita dei capelli per esempio, che possono sì venir tagliati, ma attraverso un'azione esterna ai capelli stessi. La dicotomia tra quest'intelligenza biologica e quella del pensiero cosciente è talmente accentuata in noi che molto spesso abbiamo l'impressione di abitare impropriamente nel nostro corpo, come se appunto non fossimo che qualche cosa che ci è assolutamente estraneo, dato che non abbiamo alcun potere di determinazione cosciente in riguardo a questi aspetti che ci riguardano. E' probabile che sia anche da quest'impressione che ci nasce l'idea di possedere un'anima, un'anima sostanzialmente distinta dal nostro corpo.

Ciononostante, anche se apparentemente l'intelligenza biologica ci appare estranea a noi stessi, essa risiede a fondamento dell'intelligenza propriamente detta, tant'è che il legame tra queste forme d'intelligenza è effettivamente molto più stretto di quanto invece ne abbiamo coscienza. Del resto sarebbe come immaginare un'autovettura che si sposta senza ruote. Il meccanismo di rotazione delle ruote, seppur non in diretto rapporto con la scelta direzionale esercitata attraverso l'impiego del volante, rimane in ogni caso nel senso della direzione, ed esiste principalmente grazie a quello, non per se stesso.

Quanto detto è opportuno per permetterci di considerare un senso che direttamente ci chiama in causa, che a volte ci affanna, e che in definitiva riguarda tutti: il senso del vivere.

In effetti se valutassimo le ragioni dell'intelligenza biologica differenti, oppure persino opposte, a quelle della nostra intelligenza e volontà consapevoli, non potremmo far altro che dover accettare le conseguenze di un pessimismo generalizzato, e condividere il *non senso* complessivo della vita come la sua principale verità.

La questione non è però sapere se la vita ha o meno senso, se ha un senso proprio a prescindere da noi, dal nostro credere o meno che ne abbia uno, non è ciò che deve essere posto in questione, perché ciò è in effetti una questione irrisolvibile, o meglio, è l'essenza stessa del domandare, la costante senza tempo dell'imporsi della domanda, del voler comprendere. Quello che è in questione è invece il suo oggetto, ossia il fatto che in ogni caso alla vita le si debba offrire un senso.

Con ciò voglio dire che il senso non è una semplice questione sull'esistenza di qualcosa, non è un'entità solida che può essere più o meno identificata dai sensi, ma piuttosto è esso ciò che si offre all'interno degli atti umani, dato che in definitiva sono questi che lo possono produrre o meno. Il senso non è dunque un'entità concreta ma ciò che emana da un processo.

Il senso di qualche cosa non interpella dunque l'oggettività di qualcosa nella sua accezione assoluta, ma piuttosto appartiene al suo carattere relazionale, alla capacità d'ogni cosa di relazionarsi ad altre cose, come ad esempio la necessità che queste hanno di collocarsi in uno spazio, ossia collocarsi assieme ad altre cose. E' in quest'accezione che il senso s'identifica come relazione tra cose piuttosto che come l'identità che le cose hanno con se stesse.

Esso non interpella la semplice presenza, ma il modo in cui questa si attua. Va notato inoltre che anche quando si afferma il *non senso* di qualcosa ciò, che si compie, è un atto, un giudizio, seppur non affermativo. In effetti, in quest'ultimo caso, ci si propone solo di non considerare quel qualcosa come significativo; altresì, quando quello stesso qualcosa lo lasciamo entrare in rapporto con noi stessi, allora dobbiamo forzatamente coinvolgerlo nel nostro senso, dandogliene in ogni caso uno: dobbiamo per forza farcene un'idea, dobbiamo dire: m'appartiene o meno, mi piace o meno; dobbiamo considerarlo nel valore che possiede per noi. Una cosa è un *non senso* solo perché su di essa abbiamo rinunciato ad esercitare sostanzialmente un'asserzione, ossia un giudizio che ci riguarda e che ci prende in causa. In questo stato quella cosa è dunque solo una presenza, e non potrà quindi che apparirci priva di significato.

La vita biologica non è un *non senso*, non è una semplice presenza oggettiva, in quanto si realizza attraverso degli atti, è rivestita da quelli. Essa non è perciò da considerare fine a se stessa, ossia racchiusa nel suo semplice esser-là, ma piuttosto nel coinvolgimento del fine che essa si propone attraverso il suo coronamento.

Questa distinzione non deve però far considerare la vita biologica solo come un semplice mezzo strumentale dell'azione cosciente, in quanto è essa stessa una componente a pieno titolo di quell'azione, dato che attraverso la sua assenza, nulla potrebbe avvenire!

Essa è insostituibile e necessaria, mentre inversamente un ausilio può sempre essere deliberatamente scelto. La nostra esistenza biologica appartiene pienamente all'azione e al suo senso, in quanto è fondamento all'attività cosciente, è fondamento dell'azione stessa. L'intelligenza biologica non appare pertanto diversa dall'intelligenza cosciente, tra le due vi è un principio continuativo e d'interazione reciproca. Le mete della prima non sono diverse dalle mete della seconda. Con un esempio potremmo immaginare il rapporto tra le due intelligenze come fosse ciò che avviene nella costruzione di una strada. La parte costruita, ovvero l'intelligenza biologica, è quella che non ha più bisogno del pensiero, infatti essa, essendo già realizzata, non ha più bisogno d'essere ipotizzata. La seconda, quella invece ancora in costruzione, abbisogna invece di quello, del pensiero, proprio perché è esso che dovrà risolvere le difficoltà contestuali che si pongono nella costruzione fattiva della strada stessa. Tra la strada costruita e quella in costruzione vi è dunque una continuità d'intento, di senso. Esse, seppur una possa apparire ancora solo nel potenziale delle possibilità del pensiero e l'altra già realizzata e attiva, appartengono sostanzialmente alla medesima ragione.

Un'altra cosa che va osservata è poi anche quella che stabilisce la contiguità tra le due intelligenze prima menzionate. Questa contiguità è permessa da un terzo tipo d'intelligenza intermedia, quella che si manifesta in genere attraverso quei fenomeni che abbiamo ormai imparato ad identificare come psicologici. Questa terza intelligenza si colloca tra la sfera dei fenomeni biologici dell'individuo e quelli consci. Suo scopo principale è di mettere in comunicazione le due intelligenze. Essa, tornando al nostro esempio, è ciò che perora l'esigenza della strada costruita nei confronti di quella in costruzione, in modo che l'attività di costruzione non danneggi ciò che già è stato costruito. Ma il rapporto è anche inverso, proprio perché è solo dalla strada costruita che possono arrivare i mezzi concreti per realizzare la sua continuazione.

A questo proposito è interessante pensare alla duplice faccia dei sentimenti. Questi a volte appaiono come la chiara manifestazione di quella consapevolezza che è propensa alla conservazione dell'esistente, si pensi alla paura che fa maturare certi atteggiamenti di prudenza ad esempio, mentre in altri casi invece quella stessa paura che ci vorrebbe impedire di non azzardarci su terreni incerti, se non si tramuta in un cieco panico, può persino stimolare l'intelletto a trovare per i problemi più ostici delle soluzioni veramente originali.

Del resto è noto che senza l'energia delle emozioni l'uomo non si arrischierebbe in nessun luogo che gli appare estraneo. Un esempio di ciò ci può provenire dal fatto che quello stesso concetto d'amore che in modo pessimistico ci apparirebbe solo funzionale alla conservazione della specie, d'altro canto ha invece fornito agli scrittori il trasporto indispensabile per la produzione di liriche che fanno la vera fierezza dell'umanità intera. In effetti, a ben pensarci, la scrittura poetica dal punto di vista pratico non ha nulla a che vedere con la conservazione della specie, anzi, il più delle volte gli si oppone persino, valga per tutte l'esempio della fine tragica del Romeo e Giulietta di Shakespeare.

Quando si considera l'esistenza dunque, non si deve incappare nell'errore d'offrire d'essa delle considerazioni esclusive e conclusive, perché se in alcuni casi la conservazione può apparirci più sensata al fine della continuazione del vita, essa non avrebbe però alcun senso se non fosse posta nella prospettiva del suo divenire. L'elemento fisico non è dunque di per sé esaustivo per quanto concerne il senso della vita. Questi per possedere un motivo deve misurarsi con il suo carattere apparentemente illogico. Illogico perché potenzial- mente inaccessibile con i semplici mezzi della logica, la quale ricalca generalmente solo le apparenze della realtà, non il loro senso. E' però solo il carattere illogico che può offrire lo spessore, seppur invisibile, della significazione dell'esistente.

Il carattere metafisico dell'esistenza

Per delineare un quadro che cerchi di ampliare gli orizzonti della questione, mi sembra importante ora prendere in considerazione le costanti che generalmente spingono gli uomini a trascendere il loro dato oggettivo. Con ciò mi riferisco a tutto quanto l'uomo opera oltre i limiti della sua pura conservazione, e che lo portano generalmente ad aspirare costantemente a nuove forme d'esistenza.

Ritornando all'esempio della strada potremmo impiegare ulteriormente questa metafora per cercare d'avvicinarci ulteriormente al centro della questione. A tal fine potremmo porci queste domande:

- Perché l'uomo non si accontenta di ciò che ha realizzato e costruito?

- Perché la strada che ha costruito fino ad ora non gli è sufficiente?

Domandarsi ciò implica che qualche cosa che è in atto c'interpella dal punto di vista del significato, ci richiede degli atti di comprensione. Il fatto che l'uomo non sia animato solo da una forza che l'intima alla conservazione, ma bensì, anche da una che gli chiede d'arrischiarsi in ambiti a lui sconosciuti, deve a mio avviso, oltre che far riflettere, essere considerato in maniera non fortuita, così come nemmeno di grado inferiore a tutto ciò che è appurabile in modo sensibile, ossia secondario a ciò che generalmente consideriamo come la dimensione tangibile dell'esistente: la realtà effettiva delle cose.

Ed è questa forma che ritengo disegnare come il carattere metafisico dell'esistenza che qui cercherò di prendere in considerazione. Essa appartiene alla vita, non come cosa, ma come modo, ossia come l'atteggiamento della vita, come il modo in cui si vive. Pertanto non si profila come un'entità, ma come una forza il cui carattere pur essendo inesistente dal punto di vista della sensibilità fisica, è comunque insostituibile per quanto riguarda il significato dell'esistenza e la sua comprensione.

Il carattere metafisico dell'esistenza è dunque simile a quella strada in costruzione la cui meta è oltre ciò che è già dato nell'esistenza tangibile della sua parte costruita, della parte di fatto già realizzata. Il tendere a questa meta è sostanzialmente inutile alla conservazione di ciò che è già stato realizzato, ma allo stesso tempo ciò che è già stato realizzato non ha alcun senso di per sé. Senso lo potrebbe possedere solo nel partecipare alla logica di un tragitto, quella che conduce ad una meta.

Il metafisico è quindi ciò che dà senso al fisico, proprio perché il fisico di per se stesso non ha alcun senso. Questo senso lo può possedere solo nella sua eccedenza, ossia nella condizione che permette una meta oltre sé. Il carattere di questa meta è dunque virtuale, intangibile, essa sta oltre la fisicità, oltre la presenza sensibile, ed è solo in questo modo che essa può venir prefigurata.

Ciò che si cercherà di compiere attraverso questo scritto non è però cercare di comprendere quale sia la meta che la strada dell'esistenza sta perseguendo, ma piuttosto quali sono i fattori che determinano la messa in opera della sua costruzione. Questo perché è convinzione di chi scrive che la meta non è affatto già stabilita, ossia non esiste un destino predeterminato da compiere, ma piuttosto che questo sia, seppur nei vincoli della fisicità e attraverso la disponibilità dell'immaginazione, ancora e completamente da realizzare. Comprendere i meccanismi metafisici che ci spingono in una direzione piuttosto che nell'altra, è dunque importante soprattutto per divenire consapevoli di come l'uomo stia proseguendo sulla strada del suo futuro. Su una strada che, proprio perché non ancora determinata, va appunto illuminata costantemente nel suo essere percorsa.

Su questo piano non sarà perciò nemmeno possibile entrare in merito alla definizione di un giudizio di valore, come quello ad esempio di sostenere ciò che sia più o meno giusto fare, proprio perché prima di poter giudicare il valore di una qualsiasi cosa, in questo caso di un percorso, esso deve venire individuato. E' quindi del tutto superfluo affermare che qualche cosa possa essere più giusto di qualcos'altro, se prima non si è constatato se vi è la possibilità di poterlo affermare.

Ora, è chiaro che se parlassimo solo di come conservare la famosa strada, beh, il compito non sarebbe inaccessibile. Attraverso il costante sviluppo delle tecnologie e delle nuove conoscenze che queste hanno permesso, abbiamo indubbiamente fatto progressi inimmaginabili in questo campo. Il costante aumento demografico del pianeta è un'indubbia evidenza di questo stato di cose, di queste capacità dell'uomo di conservarsi e d'espandersi come specie, ma siccome qui si tratta di questioni che vanno oltre l'esclusivo dato di fatto, e che la questione principale risulta essere: perché si debba conservare adeguatamente quella strada, o anche, e in termini meno metaforici: perché la vita umana debba essere ritenuta importante, dato che non è sufficiente dire che essa è importante solo perché non possiamo fare diversamente, ci appare in definitiva che questa questione non possiamo permetterci di tralasciarla. Non possiamo farlo, né per noi, come nemmeno per ciò che ci attornia. L'uomo, attraverso il suo ingegno tecnico e il conseguente potere di determinazione, ha ormai raggiunto nel mondo un privilegio nei confronti d'altre forme d'esistenza. Con questo privilegio egli si trova però ad essere investito anche di una maggior responsabilità.

Si comprende quindi che il compito dell'uomo di delineare il percorso del suo futuro sia ormai ineluttabile. Ciò non toglie che questo compito sia imponente, perché cercare di offrire una comprensione in questo ambito è in realtà assai complesso, forse impossibile. Ciononostante conviene provarci, dato che sarebbe meschino non farlo, sarebbe al di fuori della stessa fiducia che anima questa ricerca: la fiducia di ciò che è possibile fare, senza la rassicurante certezza di sapere cosa sia effettivamente questo possibile, ovvero al di là di ciò che in ogni caso abbiamo sempre fatto.

Universalità e singolarità del tempo

L'osservazione della realtà che ci circonda ci mostra che tutto quanto avviene in natura possiede un inizio ed una fine. Questo iniziare che prelude sempre un finire è ciò che sta alla base della costituzionalità ciclica del tempo. Il giorno comincia e termina, la pianta cresce e rinsecchisce, l'uomo nasce e poi muore. Tutto ciò che ci deriva dall'osservazione dei fatti naturali, ci risulta però insensato. In effetti questa insensatezza non emana dalla realtà che osserviamo, ma piuttosto appartiene alla selettività del nostro modo d'osservare. Questo perché tutto quanto appare solo in se stesso è sostanzialmente insensato; ed è proprio per non rimanere nell'osservazione insensata che si deve considerare il tempo, non costituito solo da cicli, ma bensì anche dal loro continuo approssimarsi.

Affermare che un giorno ne seguirà un altro, che una pianta crescerà nel terreno lasciato libero da quella che si è rinsecchita, che un bambino potrà nascere grazie a coloro che l'hanno concepito, cosa indica in realtà? In realtà ciò che si manifesta con questo approssimarsi è la continuazione degli esseri, i quali si succedono inesorabilmente, ed è proprio ciò che dona anche al tempo il suo carattere universale, in definitiva il suo senso. Se ogni singolo ciclo in se stesso inizia e termina, il ciclo invece, come idea universale che permette di raggruppare in modo induttivo i singoli fenomeni concreti, è quanto continua inesorabilmente senza mai arrestarsi.

Il tempo è proprio a questo livello universale che può acquisire la sua indeterminatezza, ed è proprio grazie anche a questo carattere indeterminato che un giorno può essere compreso come singolarità, come: *quel giorno*. Inoltre può divenire *quel giorno* proprio perché appartiene alla sua idea complessiva, ma non solo, perché è solo appartenendo alla sua idea complessiva che esso è in grado di differenziarsi e divenire un'individualità, ossia un giorno senza uguali.

L'universalità del tempo, ovvero il fatto che i giorni possano susseguirsi indeterminatamente, fa sì che sia costituibile una molteplicità dei singoli giorni, dunque l'esistenza di una quantità di giorni distinti l'uno dall'altro. Ed è tramite questa concezione che si mostra la possibilità della storia.

La storia è dunque ciò che può offrire senso ai cicli perché è in grado di metterli in relazione tra loro. Senza questa relazione che l'universale della storia può permettere, i cicli di per se stessi non avrebbero senso, dato che non sarebbero nemmeno individuabili come qualche cosa che appartiene alla complessità.

Quando dei genitori mettono al mondo dei figli, consciamente o inconsciamente lo fanno, non per dar vita semplicemente ad un altro ciclo che avrà il suo inizio e la sua inesorabile fine, ma perché possiedono la percezione che ciò sarà una vera e propria continuazione di loro stessi. Quando l'umanità pensa alle generazioni future, quando pensa ad esempio alla salvaguardia del pianeta come condizione indispensabile a che vi possa essere un futuro, pensa innanzitutto alla continuità del genere umano, alla storia dell'umanità che è in atto di compiersi, al fatto che le generazioni future possano avere le possibilità di continuare un percorso che ha nell'universalità della storia i suoi presupposti, il suo possibile percorso.

Ciò perché l'individuo in se stesso non ha alcun senso. Egli può assumerlo solo ponendosi in relazione al proprio carattere universale, a ciò che è l'universalità dell'uomo, all'umanità e alla sua storia. D'altro lato è però solo nel singolo che è in atto l'umanità, che è in atto il suo divenire storico e in definitiva la sua sensatezza. E' in questo coesistere d'istanze eterogenee che prende forma il carattere paradossale dell'uomo, quello che lo fa essere un mancante di senso nello stesso tempo in cui n'è il principale attore. Come punto d'incrocio tra singolarità ed universalità egli si trova dunque a dover riformulare costantemente il significato della propria identità, non potendosi prefigurare che come un essere nell'atto di divenire altro: un io che è paradossalmente solo ciò che non è.

Il problema dell'identità

Affermare che una cosa è identica a sé è dunque piuttosto irragionevole, ciononostante è proprio questo che la semantica dell'identità evoca quando afferma il carattere proprio di qualcosa come *se stesso*. La questione dell'identità appare essere un problema che ha nel paradosso delle sue premesse l'impossibilità di una risposta. L'origine del concetto d'identità, formulato nei termini citati, delineandosi tramite una natura prevalentemente formale e non effettiva, appare più che altro utile ad una trattazione di carattere quantitativo, utile alla matematica per intenderci, utile a quel timore che tenta di premunirsi nei confronti di un divenire che nei suoi effetti trasforma costantemente il sé in altro, e il cui riferimento concreto, stabilito esclusivamente in modo aprioristico, non è mai contemplato.

Difatti si può certo dire che *uno è uno*, ma questo poterlo dire non toglie nulla alla sua assurdità, in quanto l'affermazione di una tautologia non enuncia praticamente mai nulla di significativo. Dire *uno è uno* è indubbiamente una decisione ontologica atta a poter sostenere che una quantità è sempre se stessa, che è sempre, tutte le volte che viene considerata come quantità, una quantità, ma nient'altro. Utile all'affermazione che ad un qualcosa si voglia attribuire il carattere dell'immutabilità, nonostante il suo contenuto vari in continuazione. *Uno è uno* è ciò che permette a qualcosa che altrimenti non potrebbe divenire un concetto, di esserlo, ma la sua utilità si ferma lì. E la questione non potrebbe avanzare nella risposta nemmeno quando si sostiene che *uno è uno e nient'altro*, ossia quando il nostro famoso se stesso significa che stiamo parlando di un sé in senso assoluto, dato che in questo modo si annulla la possibilità concettuale della successione, e di conseguenza si annulla anche a quel sé qualsiasi vera possibilità di senso.

Difatti si deve sempre tener presente che l'identità tra il sé e lo stesso, esiste solo quando al sé si è sottratto il suo effettivo contenuto. Un uomo di fatto non è mai uguale ad un altro uomo, così come nemmeno mai uguale a sé, proprio perché se ciò fosse possibile vorrebbe dire che esiste un sé che è uguale a sé: che è uguale a *stesso*, e che queste due identità atte a garantire l'immutabilità dell'identità sono in grado di convivere nel medesimo istante e nel medesimo spazio, ovvero che quel sé, a differenza di ciò che un individuo o un'individualità possa effettivamente essere, sia sempre uguale a quell'altro sé che funge da medesimo, sia in ogni luogo che in ogni tempo, non appartenendo dunque mai né al suo spazio né al suo tempo, i quali invece nella realtà lo trasformano sempre ed in continuazione.

Un uomo intanto che è uomo, così come ogni cosa, è invece solo sé, e non è mai identico a sé, ossia non è mai la stessa cosa di sé, non è mai dunque lo stesso, altrimenti il suo sé, la sua peculiarità, dovrebbe confrontarsi a un serio rischio. E' per questo motivo che di sé si può affermare solo ciò che non si è, e questo, in riguardo alla definizione, già lo insegnava anche Aristotele. Bisogna però evidenziare che questo *ciò che non si è*, comprende altresì tutti i suoi gradi, quindi anche la somiglianza. La somiglianza è quindi quel *ciò che non si è* che non richiede alcun concetto astratto d'uguaglianza con se stessi, e che piuttosto si manifesta nel suo divenire secondo gli effetti delle relazioni. Tra me e ciò che mi assomiglia c'è quindi continuità. Tra me e quanto non mi assomiglia, discontinuità.

Pertanto, assieme al concetto d'identità, assieme al fatto che un uomo non può mai essere identico a se stesso, vi è anche il fatto che un uomo non può mai conoscere se stesso. In effetti in questo tipo di conoscenza è implicita la dualità tra *sé* e *stesso*, e quanto ci si prefigge di conoscere è proprio quello *stesso che è uguale a sé*.

Ora, considerando la conoscenza di se stessi avendo l'uguaglianza come ciò che appare l'oggetto da conoscere, implica che nell'atto di conoscere si possa produrre una relazione d'uguaglianza tra il *sé* e lo *stesso che sé*, un'uguaglianza che dovrebbe essere appunto talmente perfetta che, conoscendo appunto quel famoso *stesso*, sia possibile conoscere propriamente e perfettamente anche *sé*. Ciò risulta tuttavia assurdo, dato che l'uomo non esiste né dualisticamente così come neppure assolutisticamente, ovvero non esiste né come due individui né come un essere isolato da tutto.

In effetti dire conoscere *se stessi* equivale a dire che ciò che si dovrebbe conoscere è un *sé* che ha escluso tutte quelle relazione che un *sé vivente* intrattiene invece, sia con il suo ambiente, che con il suo tempo. Ogni cosa in realtà non è mai sola, è sola semplicemente all'interno dell'assolutizzazione del pensiero che però, come nella matematica, ha tralasciato forzatamente il proprio contenuto.

Conoscersi bisogna ammetterlo è principalmente un atto di comparazione, ma non con un ipotetico *stesso*, né con un *sé assoluto*, bensì con ciò che ci assomiglia: per esempio gli altri.

La curiosità

La curiosità degli altri s'impone dunque nella logica del rapporto a sé. La curiosità degli altri non è mai fine a se stessa, essa ha piuttosto il suo fine in noi stessi. Conoscere *se stessi*, come si è cercato d'appurare fino a questo punto, non si manifesta come un rapporto tra un soggetto ed un oggetto, ossia tra un *sé* e il suo *stesso*.

Bisogna però, prima di approfondire la questione, fare alcune precisazioni. La prima è quella di notare che la percezione ci offre delle informazioni su noi stessi. Tutti sentiamo come stiamo, ossia siamo generalmente consapevoli se stiamo bene, stiamo male, se siamo in ansia, tranquilli, ecc. Tutto ciò ha però a che fare solo con il come stiamo, e non con quello che siamo. Come stiamo, quale sia l'umore che ci attraversi, è una percezione di noi stessi, non una conoscenza; quest'ultima invece passa sempre attraverso una valutazione, che è sempre anche un atto di comparazione. E' in pratica la differenza che passa tra la consapevolezza e la coscienza che qui si delinea, ossia tra l'essere consapevoli di qualcosa e l'averlo compreso. Ciò che qui si concretizza è perciò la differenza tra la percezione di sé e l'esserne di ciò conoscenti.

Ogni uomo sente l'esigenza di conoscersi, perché nel suo semplice percepirsi, nel semplice sentire come sta, gli risuona il fatto di non essere nulla, in quanto la sua nudità non lo differenzia da tutto il resto, non lo fa essere qualcosa che sia appunto diverso da una qualsiasi altra cosa. Per affermarsi come individuo egli sente perciò la necessità di divenire cosciente di ciò che è, ed è per giungere a questa coscienza che egli non può sottrarsi all'agire, perché è solo attraverso il carattere delle sue azioni che egli potrà distinguersi da tutto il resto. Egli per questo, per individuarsi nell'umanità d'essere un uomo cosciente di compiere delle azioni umane, deve agire in modo tale che le azioni che compie possano ritenersi effettivamente appartenenti all'umanità. Per capire dunque se queste azioni appartengano a ciò, per sapere se le sue azioni abbiano un valore di questo genere, egli le deve comparare con quelle degli altri, ossia con tutti coloro che si percepiscono come lui, in quanto è solo così che potrà capire se anche le sue azioni siano veramente umane, in definitiva siano inseribili nel senso della storia.

Difatti è solo attraverso la possibilità di porre le proprie azioni in rapporto a quelle degli altri che si può capire qualcosa di sé, in quanto è solo attraverso un atto di comparazione che si può pervenire ad una reale consapevolezza di sé.

Ogni uomo nel momento in cui comprende d'appartenere al mondo matura anche il sentimento d'essere per il mondo una potenzialità, ovvero d'essere una promessa per il divenire di questi, e che la vita gli sarà indispensabile, non solo perché soggetta al timore della morte, ma proprio perché sarà il suo vivere stesso a riservargli qualche cosa che competerà solo a lui.

Questo sentimento che si può radicare in una persona divenuta cosciente di ciò che è oltre l'uguaglianza con sé, è un sentimento che oltrepassa l'esclusività delle percezioni individuali, del sentirsi bene o male, ed è in questo senso, nell'oltrepassare quel se stesso che lo relegherebbe ad un isolamento fisico, che il carattere del vivere incontra invece la dimensione dell'*oltre*, di ciò che lo eccede: il *metafisico*. Ma nonostante questo carattere il sentimento del vivere rimane ciononostante un sentimento umano, esso è vissuto come un qualsiasi altro sentimento. La differenza non sarà in come il sentimento viene vissuto, ma nella forma che avrà acquisito, nell'aver prodotto quel bisogno particolare che è: *bisogno di vivere*. Difatti non si continua a vivere generalmente solo perché si è venuti al mondo, ma perché di questi ne permane il bisogno.

Possedere questo sentimento è la causa della volontà di approfondire la propria conoscenza; volontà che passa nello svelare la propria necessità d'esistere in modo da poter comprenderne l'importanza. Il bisogno di vivere non è dunque altro che una potenzialità, la quale come tale non è ancora l'atto di realizzazione di sé. La curiosità interviene in questo secondo momento e, dal punto di vista della possibilità di realizzazione, svolge una funzione decisiva.

Che le azioni non siano indifferenti tra di loro ma che posseggano un valore dal punto di vista della realizzazione di sé, comporta che queste stesse azioni stiano nella possibilità d'essere scelte, come nel dovere di esserlo. Esse non sono quindi necessarie di per sé. Necessaria è la scelta di queste, la quale è comunque legata a molteplici fattori, e nei quali la curiosità gioca una funzione decisiva.

Nel corso della vita si apprendono molte nozioni che ci permettono di compiere senza troppo riflettere la maggior parte delle azioni che svolgiamo. Impariamo a svolgere sia gli atti più banali sia quelli che ci permettono d'intraprendere una professione. Impariamo a camminare, impariamo a lavarci i denti, impariamo ad affettare una cipolla ecc. Attraverso i processi d'apprendimento noi diveniamo sempre più autonomi ma, ciononostante, nonostante acquisiamo sempre più libertà per poterci muovere senza troppi vincoli, tutto ciò non ci permette ancora una completa differenziazione dagli altri. Fare quello che fan tutti non ci pare sia ancora quello per cui sentiamo il bisogno di vivere, questo perché apprendere a fare delle cose non è ancora fare quello che solo noi possiamo fare. Non c'è ancora dunque, nell'aver appreso a fare semplicemente delle cose, il carattere peculiare del nostro destino.

Senza quest'individualizzazione di noi stessi nella peculiarità d'essere destinati a qualcosa d'esclusivo, ovvero che compete solo al nostro vivere, si rischia di smarrire sia il bisogno di vivere che in definitiva il valore del proprio esserci.

Il fatto che l'esistenza sia legata all'unicità del destino fa sì che ogni uomo non possa semplicemente riprodurre le azioni dei suoi simili. D'altra parte egli non può che confrontarsi con questi, con gli altri, perché è appunto attraverso il confronto, con loro, e solo attraverso questo confronto che egli può comprendere la sua specificità. E' attraverso la diversità con gli altri che si può comprendere ciò che si è, e in particolare è proprio il confrontare ciò che proviamo con quello che provano gli altri a permetterci di divenire consapevoli di come il nostro sentire ci anima. Sarà poi solo sulla base di questa consapevolezza che riusciremo o meno ad immedesimarci nei sentimenti altrui e a valutare il senso delle loro azioni.

Questo immedesimarsi negli altri per comprendere noi stessi è sostanzialmente il bisogno della curiosità: l'urgenza di comprendere gli altri per comprendere noi stessi e viceversa. Siamo curiosi di come appunto gli altri fanno le cose perché ciò può rientrare anche nelle nostre possibilità. L'altro è in fondo per noi uno specchio, non quello della nostra immagine e della nostra uguaglianza, ma piuttosto delle nostre possibilità. E' per questo che ne siamo costantemente attratti. Ciononostante noi non possiamo semplicemente essere come gli altri, altrimenti si dissolverebbe il valore della nostra esistenza, ossia verrebbe meno il suo carattere destinale.

Si capisce a questo punto perché apprendere semplicemente a fare delle cose non è sufficiente alla realizzazione dell'uomo. Gli uomini non si accontentano d'imparare a fare qualche cosa meccanicamente come fanno tutti gli altri, vogliono sempre aggiungere una marca personale a quello che fanno, un tocco d'invenzione, un segno della propria diversità. Ciò che diviene importante di conseguenza non è tanto il fare in se stesso, ma il modo di fare, ossia il modo in cui farlo. L'importanza di ciò sta alla base della curiosità, perché è solo nella peculiarità di un modo che può costituirsi anche la peculiarità di un destino.

L'interesse di conoscersi

Appare ora abbastanza evidente che tipo di relazione intratteniamo attraverso l'essere curiosi degli altri, perché dinnanzi ad un orizzonte brullo, dinnanzi ad un destino non ancora realizzato, le strade che ci stanno accanto sono gli unici riferimenti concreti alla fattibilità di un percorso possibile.

La dimensione sociale in tutte le sue forme è in effetti il luogo privilegiato ove poter reperire i propri riferimenti destinali. Questi si manifestano particolarmente all'interno d'alcuni concetti specifici che hanno un significato appropriato ad offrire una prospettiva di realizzazione sociale dell'individuo; questi sono: l'originalità, la riuscita, il successo.

Non è un caso che questi termini fungono generalmente nel linguaggio comune come dei veri e propri riferimenti per individuare la condizione sociale rivestita dagli individui nella società. Nessuno del resto, considerando lo status riferibile agli individui che appartengono ad una società, si porrebbe il dubbio di metterli in discussione. In questione difatti potrebbe essere messo solo il modo con cui raggiungere un obiettivo, non la legittimità d'ognuno di poterlo perseguire.

Riuscire, aver successo, risulta essere legittimo per tutti, farlo in modo originale sembrerebbe anche più apprezzabile. Comprendere il perché di ciò mi pare quindi essenziale, proprio perché se questi sono divenuti dei veri e propri capisaldi della nostra società, allora vuol dire che un avvenimento di portata universale si sta producendo, il quale non può che chiamarci in causa direttamente.

Ora va rimarcato che considerare la condizione umana con l'interesse di squalificare il presente a favore di un certo e ipotetico passato, per lo più mitico, e del quale non si ha nessuna esperienza, non lo ritengo pertinente all'argomentazione che qui si vuol condurre; difatti reputo improducente dal punto di vista esplicativo possedere della nostalgia per una smarrita origine aurea dell'uomo, così come non credo sia corretto cercare di dover imporre un presente beato che possa appartenere solo ed esclusivamente ad un desiderio personale. Per questi motivi il tentativo di ricerca che qui si tenterà di condurre eccederà la psicologizzazione del tempo, a favore di una stabilità metafisica. Mi sembra importante dunque prestare attenzione all'universalizzazione dei fenomeni nel loro apparire, così come, e allo stesso tempo, non cercare di voler offrire la falsa idea che quello che si analizzerà sia totalmente scevro da incrostazioni umane. Questo perché non mi è possibile esimermi dall'esserci in ciò che andrò a considerare e a dire, del resto non lo voglio nemmeno, in quanto ciò mi sembra debba appartenere all'esclusività del mio destino.

La ricerca che qui voglio condurre mi ha dunque come primo fruitore. Del resto non ho alcuna intenzione d'avventurarmi in un percorso di ricerca con dei fini che esulino il mio personale e primario interesse di voler capire. Il tempo non è tantissimo, la mia vita non è eterna. Non scrivo dunque prevalentemente per chi mi leggerà, per insegnargli ad esempio qualcosa, ma perché anch'io con lui potrò leggermi, potrò forse comprendere attraverso lo scorrere della riflessione che le parole sanno accogliere e riqualificare, qualcosa in più di prima.

Ogni processo conoscitivo è una forma di logica, un'articolazione composta del *logos* nel senso. Ciò vuol dire che la parola ha la possibilità d'aprire alla conoscenza proprio perché essa possiede il carattere della dualità. La parola in effetti non permetterebbe di comprendere nulla se non si trovasse nel suo binomio comunicativo d'essere detta ed ascoltata nel medesimo momento. Proprio come una chiave che non sarà mai in grado di aprire nessuna porta se non verrà collocata nella sua serratura, così anche la parola per essere compresa, ovvero per aprire al mondo della conoscenza, deve dire e allo stesso tempo saper ascoltare.

Un sordo, si sa, seppur possa benissimo comunicare, non è in grado di parlare. La parola non nasce nella bocca, in quella solo si produce; essa si genera principalmente nelle orecchie, le quali attraverso la continua ridefinizione dello stato espressivo sono le uniche ad essere in grado di darle corpo. Così un cantante stonato non si dice che non abbia bocca, ma bensì orecchio. Il pensiero stesso, nel quale l'atto del comunicare avviene in forma virtuale, è anch'esso un atto dualistico. Riflettere, in fondo, è sempre una forma di conversazione con noi stessi, un parlare con la propria coscienza. Ciò vuol dire che l'attività conoscitiva, anche quando avviene singolarmente, è sempre un'imitazione del rapporto con gli altri. In questo senso anche un qualsiasi scrittore risulta essere un lettore. In effetti non può esistere uno scrittore che non sappia leggere. Certamente non può scrivere senza saper leggere, o comunque se ciò fosse: non potrebbe capire nulla di quello che scrive!

Conoscersi attraverso la duplicità della parola è diverso dal conoscersi come immagine di un riflesso. Se nell'identità ci si affida alla presunta uguaglianza che interviene tra un sé, il nostro *sé*, e la figura speculare che consideriamo come *noi stessi*, nell'individualità invece ci si affida piuttosto ad un altro tipo di duplicità, quella che s'instaura tra la parola e il pensiero.

Infatti se il pensare è sostanzialmente una forma di parlare tra sé e sé, come simulazione del parlare con gli altri, l'orecchio interno, la coscienza, che ascolta il nostro parlare virtuale, è ciò che valuta e corregge sempre anche il nostro modo di pensare. Ma quest'orecchio interno, questa coscienza appunto, non si è formata in modo innato, bensì attraverso un'esperienza che può essere attualizzata e valutata attraverso la capacità di far rivivere i nostri ricordi.

Ciò che abbiamo appreso nella vita si trova racchiuso in questo scrigno esperienziale. Il *conoscere se stessi* non é dunque in questo caso una semplice esortazione a conoscere un'identità speculare, ma piuttosto un'esortazione ad esercitare costantemente l'atto stesso del conoscere, ovvero un'esortazione ad esercitare la nostra coscienza, ad ascoltare e valutare le nostre parole, sia quelle espresse con la bocca che quelle virtuali del pensiero che dialoga con la nostra coscienza; è ascoltare tutte le nostre parole, sia quelle composte da lettere come anche quelle d'azioni.

Conoscersi nell'individualità, piuttosto che nell'identità esclusiva del nostro essere una presenza, si prefigura dunque come un'attenzione a sé nella complessità: un'attenzione a ciò che pensiamo, diciamo, agiamo... Inoltre quest'attenzione non potrebbe che perdurare per tutto l'arco della nostra vita. Difatti *conoscere se stessi* non potrebbe mai essere ricondotto ad una definizione conclusiva, ma piuttosto ad un continuo esercizio di valutazione che riformuli costantemente i termini stessi dell'esperienza. Questi, in tal guisa, apparirebbero dunque come la forma del nostro ricordo, ossia quel riferimento tangibile su cui poter esercitare lo stato stesso dell'atto conoscitivo.

Per questo motivo, per rimanere in questo tipo di conoscenza, non mi è possibile esimermi dal sostenere che qui non potrò scrivere esclusivamente per me, non scriverò dunque solo per scrivere, ma piuttosto per essere letto. Letto da qualcun altro, certo, ma un qualcun altro che a questo punto sarò anche io.

La riuscita il successo e l'originalità

Concetti come riuscita, successo e originalità sono sempre in relazione a qualche cosa che si è fatto o si fa. Si diceva innanzi che un uomo non è nulla se non attraverso quello che fa. Anche lo stesso Cartesio del resto deduceva l'*essere* da un'attività: *cogito ergo sum* appunto, lo deduceva dall'attività del pensiero. Ma un uomo che pensa è solo un uomo in vita, ossia un uomo che possiede un'attività cerebrale, e ciò per proprio conto non garantisce ancora che stia anche costruendo un senso per la sua vita. E' proprio come un'autovettura che ha il motore acceso, ma che però rimane ferma nel luogo di sosta.

La riuscita implica invece un movimento concreto, implica che una determinata operazione debba essere condotta verso un fine, e che attraverso quel fine, ovvero attraverso il suo raggiungimento, qualcosa giunga a compiersi in modo conforme ad una volontà prestabilita.

Riuscire è in sintesi riuscire a fare qualche cosa che si desiderava fare, che si era progettato di fare. In genere nel linguaggio comune lo si riferisce ad un'attività per lo più di tipo professionale. Se una persona ad esempio studia per divenire avvocato e che poi riesce ad esercitare un'attività conforme alla sua formazione, diciamo che quella persona è *riuscita* nel suo intento. Riuscire è dunque superare le difficoltà che s'interpongono tra l'idea e la sua realizzazione. Ciononostante in genere ciò che stabilisce la riuscita non è però semplicemente essere riusciti a realizzare un progetto personale, ma che questo progetto sia, in un certo qual modo, coronato anche da un consenso sociale, ovvero possegga un valore anche per altri.

Simbolo, ma non solo, di questo tipo di riuscita, è aver ottenuto un bene in contropartita. Ciò perché se qualcuno è disponibile a cedere un bene di questo genere, ciò implica che quello che si fa ha un valore di scambio, un valore dunque non solo personale, ma bensì sociale. La riuscita personale per essere anche riuscita sociale è quindi generalmente coronata da un riconoscimento che possiede una sorta di verità *aurea*, la quale ponendosi come valore di scambio sanziona l'utilità sociale dell'attività svolta.

Questo tipo di riconoscimento non è però ancora il successo. Se per la riuscita è sufficiente svolgere in modo adeguato tutto quanto implica il corretto svolgimento di ciò che si è imparato a fare, per aver successo serve un *quid* ulteriore. Se ad esempio per riuscire ad esercitare la professione d'avvocato, il figlio d'un avvocato seguirà scrupolosamente le istruzioni che suo padre gli dona, è molto probabile che anche lui riuscirà ad esercitare la medesima professione. Ciononostante, e sempre restando all'esempio appena citato, non è detto che se il padre è un avvocato di successo anche il figlio, solo seguendo perfettamente le istruzioni del padre, lo diventerà.

Parlando di successo apriamo quindi il discorso ad un altro livello del riconoscimento sociale. Se per la riuscita è sufficiente che delle persone siano disposte a scambiarsi dei beni, come può essere ad esempio tramite il denaro al fine del buon esito di un'impresa, per il successo, sempre queste stesse persone, devono anche possedere un'attrazione personale. Ciò perché una persona che ha successo è in genere anche qualcuno che sa suscitare negli altri meraviglia. Si è attratti da una persona di questo tipo perché non fa ciò che fanno tutti, ma bensì qualcosa d'originale, qualcosa che non s'era ancora mai visto. Ci s'interessa alle persone di successo perché esse, appartenendo al nostro medesimo genere, incarnano anche le nostre possibilità, ossia quello che anche noi siamo, quello che anche noi potremmo essere. Esse c'interessano proprio per questo, proprio perché sono: *la nostra possibilità.*

Ora, se ciò che rimarca la riuscita è generalmente l'ottenimento di una contropartita in denaro, ciò che rimarca il successo è invece che di questa persona se ne parli, o meglio, il successo si realizza proprio attraverso questo fatto. Riuscita e successo possono dunque anche trovarsi prossimi, ma non per forza deve esserci una conseguenza tra le due cose. Il successo in effetti può benissimo arrivare anche *post mortem*, cosa che non può avvenire invece per la riuscita. Cristoforo Colombo era riuscito secondo i suoi calcoli a giungere in India, ma il successo lo raggiunse solo dopo la sua morte, quando appunto si comprese che era giunto in America.

Il riconoscimento del successo nasce dunque attraverso una narrazione che permette di comprendere e, nel medesimo istante che questa comprensione si produce, essa genera il mito. E' dunque la parola che lo veicola, la quale non è però una semplice diceria, bensì narrazione, che racconta di qualche cosa che è avvenuto, di fatti appunto.

Ma perché è appunto la parola ad avere questo merito, il merito d'accreditare successo?

La parola che offre successo è come abbiamo visto una parola che racconta una storia, che racconta di fatti, d'esperienza. Ogni persona ha esperienza della propria vita, così come anche di tutti coloro che conosce personalmente e che in un modo o nell'altro condividono o hanno condiviso con lei un periodo di vita. L'esperienza di chi non rientra in questo ambito invece è raggiungibile solo attraverso il racconto. Il racconto ha il potere di rendere accessibile l'esperienza di chi altrimenti non si potrebbe conoscere. Il racconto che passa attraverso la parola è dunque un'esperienza virtuale, ovvero la possibilità dell'esperienza: un'esperienza possibile. E' proprio questo che incuriosisce nel racconto della vita degli altri, ed è anche ciò che può coronare l'esperienza altrui di successo. Ma affinché ciò avvenga, questa storia deve essere ripetuta più e più volte. Deve prodursi in essa il carattere dell'universalità, ovvero la storia deve acquisire una sorta di ripetizione. Solo un racconto che viene narrato più volte, in effetti acquisisce una certa fama.

La ripetizione in se stessa non è comunque garanzia di successo. Difatti che un racconto sia narrato più volte non garantisce che ciò che viene trasmesso possieda anche un valore. Affinché abbia valore serve invece che quel racconto accolga in sé un grado d'originalità, per cui l'esperienza raccontata possa distinguersi dalle altre che generalmente si vivono normalmente, ossia che quell'esperienza possa acquisire il carattere d'esemplarità. Ed è per questo motivo che non tutto ciò che è famoso è anche originale. Le cose possono essere ripetute tantissime volte anche per altri scopi, si pensi ad esempio alla pubblicità. Il successo non coincide dunque necessariamente con la fama, poiché questa non per forza contiene anche l'originalità dell'esperienza, mentre viceversa il successo sì.

Persone di successo nella storia sono state ad esempio Socrate e Gesù. Di certo non sono stati gli unici, ma quello che li accomuna entrambi è di non essere stati autori di nessuna opera scritta e d'essere divenuti famosi nella storia tramite la parola d'altri. Socrate com'è risaputo principalmente grazie agli scritti di Platone, Gesù ai vangeli. Sia Socrate che Gesù non sono stati dunque semplicemente personaggi famosi, ma anche persone di successo, proprio perché la loro vita è stata, sia raccontata, come anche dimostratasi assai originale.

Se il successo di Socrate come maestro del pensiero è stato notevole, a lui in effetti dobbiamo parte del fascino che possiede l'indagine filosofica, quello di Gesù ha avuto una diffusione talmente vasta da produrre un vero e proprio culto religioso. Difatti se l'esperienza di Socrate rimane ancora nella concezione dell'umanamente possibile, quella di Gesù, per la sua eccezionalità, ha ben oltrepassato questa dimensione, divenendo appunto egli stesso, non più semplicemente uomo, ma bensì Dio, il Cristo appunto. Il successo di Gesù è stato dunque talmente grande d'aver prodotto una sua istituzionalizzazione. Il racconto della sua vita è divenuto un culto, l'esperienza della sua vita, l'esempio stesso del vivere.

Questo culto come si sa è esercitato principalmente dalle chiese cristiane, le quali potrebbero essere paragonate, anche se in modo improprio ma chiarificatore, al fan club del tal cantante o della tal attrice, i quali com'è risaputo si devolvono al culto dei loro idoli tramite la considerazione di cimeli, fotografie e quant'altro. Le analogie con le pratiche religiose sono piuttosto evidenti.

E' mia intenzione mettere in similitudine la realtà di una religione e quella di un fan club, non per svilire i sentimenti che animano coloro che aderiscono a queste iniziative, ma semplicemente per cercare d'intravedere quale sia la dimensione metafisica che, seppur nella diversità, le accomuna. Non si vuole qui giudicare affatto gli atteggiamenti di culto più o meno tradizionali che hanno tutta la loro ragione d'esistere e d'essere rispettati.

Il culto come mantenimento dell'origine

A questo proposito è dunque interessante notare che il culto si produce sulla base del successo, o comunque vi è culto solo dopo che vi sia stato un successo. Sullo stesso piano delle istituzioni religiose del resto possiamo anche porre i musei. Il museo d'arte, per esempio, è un'istituzione dedita al culto delle esperienze artistiche. In effetti le acquisizioni di un museo d'arte, o i lasciti che il museo ha l'incarico di conservare, sono sempre composti da opere che hanno ottenuto un certo successo. Non si va al museo per vedere le opere di uno sconosciuto che non ha mai ottenuto alcun riconoscimento. Non si va a vedere opere che non valgono nulla e che sono state realizzate da un signor nessuno. Inoltre non si va al museo per vedere delle copie, a meno che gli originali siano inaccessibili, ma per vedere quelle medesime opere che l'artista ha realizzato, per vedere gli originali. Questo perché è l'originale il solo garante della verità di un'opera, di conseguenza dell'esperienza che essa può mostrare. Una copia, seppure corretta, seppur persino perfetta, o persino migliore dell'originale, si pensi ad esempio al rapporto tra un romanzo pubblicato e il suo manoscritto, ha sempre un valore inferiore all'originale stesso. Ciò perché in questo caso il manoscritto detiene la verità dell'opera, conserva in sé la possibilità di mostrare anche ciò che per un motivo o per l'altro non si è ancora riusciti a vedere.

L'originale, in questo senso, possiede dunque sia il visibile che l'invisibile dell'opera. Cosa questa che non è permessa alla sua copia, dato che questa non può che mostrare ciò che è stato visto. Con invisibile va qui inteso quanto ancora non si è visto, ma che si presuppone possa esistere, altrimenti nessuno sarebbe disposto ad investire del denaro, come nemmeno il suo tempo, per conservare qualche cosa che non serbi più nulla, che non sia appunto una risorsa.

Ogni culto si fonda su questo assunto, altrimenti il culto di per sé non avrebbe alcun senso. Il culto si fonda sul fatto che ciò che si conserva, e che soprattutto si ha in attenzione mostrandolo come nel caso di un museo il più possibile, non sia la cosa in sé, ma piuttosto l'esperienza che esso racchiude, la quale è dunque una possibilità più che una realtà, una possibilità per il futuro, è essa: possibilità di futuro.

E' per questo che un culto non è mai semplicemente solo l'attività di coltivare un ricordo, ma piuttosto è esso un continuo mantenimento di una promessa per l'avvenire; qualcosa che un giorno potrà essere vissuto, senza comunque sapere quale sarà il giorno in cui quella promessa si realizzerà, così come nemmeno se si realizzerà effettivamente. Chi esercita un culto è di ciò che possiede la fiducia. Egli per questo non potrà che aver fede, proprio perché non può averne la prova, non può avere la certezza che quanto egli conserva possieda veramente un valore per l'avvenire. Egli è in ciò che crede. Ci crede come il frutto di un'intuizione, la quale non può essere dimostrata concretamente ma solo con l'atto stesso di continuare a crederci.

Il culto è dunque il mantenimento di un rapporto con qualche cosa di originale. E' un continuare a mantenere aperto il canale del significato con l'entità che *ha dato vita*, con il suo motivo, con l'origine appunto. Non è dunque un atto di semplice conservazione, ossia un atto che mira solo a mantenere inalterato. Il fine non è il mantenimento per se stesso, ma piuttosto della possibilità che questo mantenimento permette. Ciò che si conserva sono dunque le possibilità delle cose, ovvero il legame con la loro origine, e che manifestamente una copia non può affatto conservare, dato che essa è già di per sé una concretizzazione conclusa delle possibilità che l'originale come modello gli ha permesso.

Il rapporto con l'originale è quindi un rapporto vivo, intimo, mentre quello con la copia è solo un rapporto con l'esteriorità, con l'immagine appunto. Impiegando un esempio potremmo considerare la luce emessa dalle stelle. Si sa che le stelle come le vediamo oggi sono solo una copia, un'immagine di come le stelle erano tanti anni fa. L'immagine che vediamo oggi non coincide con la loro origine, questa sta altrove, in un altro tempo. In ogni caso è però solo attraverso quell'origine, e nient'altro, che in futuro si potrà produrre un altro tipo di luce, un'altra immagine appunto.

Un uomo non è molto diverso dunque da una stella. Egli è quello che fa perché solo quello che fa è comprensibile agli altri, ed è solo quello ciò che si può conoscere di lui. L'essere dell'uomo, il suo esserci, la sua comprensibilità, è quindi principalmente frutto di un essere con gli altri, ma non solo, anche di non poter essere qualcuno che per loro.

Sappiamo che ogni bimbo che nasce possiede il patrimonio genetico dei suoi genitori e che è grazie a loro che si forma biologicamente. Un bambino si distacca fisicamente da sua madre solo quando ha portato a termine la sua costituzione originaria, ed è solo nell'atto di nascere che egli acquisisce il carattere dell'esteriorità, divenendo di conseguenza la possibilità di una visione. Ma similmente alla visione delle stelle così anche la sua origine continuerà però a rimanere nel suo *essere stato generato*, e non in ciò che si potrà solo vedere. La sua originalità pertanto continuerà a proporsi in quell'istante della sua origine, e tra ciò che è e ciò che si vedrà vi sarà sempre una scansione temporale, ossia un'incongruenza che s'interpone tra la sorgente della sua originalità e quello che egli potrà manifestare nell'apparire agli altri.

L'attenzione prevalente all'identità di una persona a scapito del suo essere un'individualità, ossia un essere che si prefigura in una scansione bipolare che ha ai suoi estremi, come si è visto, l'origine e l'apparenza, è ciò che si pone come ostacolo affinché le persone divengano delle possibilità. Il fatto che ogni persona non sia considerata in quella scansione temporale che ho cercato di descrivere, la quale gli permetterebbe di non essere solo qualcosa in se stesso, è quanto acuisce il valore esclusivo dell'immagine oggettiva della persona a scapito della virtualità del suo essere. Perciò mentre un individuo attraverso il suo potenziale può essere una ricchezza per sé e per gli altri, la persona che si fonda sull'identità è una persona fondamentalmente isolata dagli altri, in quanto non ha altro da proporre oltre a ciò che si può vedere, ossia il suo se stesso: la sua immagine slegata dalla propria origine.

Quando andiamo a scoprire un'opera d'arte in un museo per esempio, noi ci andiamo tanto per vedere una cosa che non è in grado di comunicarci nulla, ma piuttosto perché là c'è qualcosa che ha il carattere dell'individualità, ossia che si trova là per mostrarci la realizzazione di una potenzialità, che si trova là, non per se stessa, ma per essere una testimonianza del possibile, che è là, non per pascersi di sé, ma per noi.

Noi andiamo in un luogo d'esposizione perché là c'è qualche cosa che è stato generato dalle sue possibilità per continuare ad essere una possibilità, c'è qualche cosa che è espressamente là per trasmettersi a noi, perché proprio solo noi siamo la continuazione di quelle possibilità. Ci andiamo perché siamo noi le uniche "orecchie" di quella parola, siamo solo noi in grado d'ascoltare e decifrare quella comunicazione che è stata fatta espressamente per noi.

Quando andiamo all'incontro di un'opera andiamo a cercare, non è il suo aspetto, ma la sua origine, è per questo che noi vogliamo vedere un'originale, e non una copia. Noi cerchiamo sempre la sua origine, anche quando questa sembrerebbe essere nascosta nel rimando di una copia riprodotta tecnicamente, come ad esempio ci appare una fotografia o un film; questo perché sappiamo che ciò che dovremmo vedere non sarà l'oggetto in sé ma bensì la scelta dell'autore o degli autori, ovvero i soli che hanno potuto donare un senso a quei mezzi tecnici che per loro stessi hanno solo permesso un certo tipo di riproduzione, e che in ogni caso, indipendentemente da quella scelta originaria, non sapranno essere in grado per se stessi d'esprimere nulla.

In effetti i mezzi tecnici non sono mai in grado di cogliere quell'invisibile che concerne solo chi vive, solo chi sta vivendo, e che dunque è visibile solo a lui. I mezzi tecnici, perfetti che possano essere, non potranno che essere sempre e solo mezzi, dunque non potranno mai essere in grado anche di divenire luogo d'incontro, ossia di poter accogliere il divenire di un'esperienza il cui essere non è una cosa conclusa ma, bensì, aperta al futuro, il cui essere è: il mantenimento dell'originarsi nel nostro vivere.

Il senso dell'essere d'ogni cosa sta nel suo perdurare, non nella sua semplice oggettività, quest'ultima può essere solo una testimonianza, non la sua verità. Si pensi per esempio ad una fotografia. Questa come testimonianza è sempre e forzatamente inattuale, non possiede mai l'originalità della sua essenza, la quale, non sta in ciò che si vede, ma piuttosto nella sua costante capacità d'emanare il senso della sua origine, cosa questa che la fa appunto continuare ad essere *qualcosa*, che la fa dunque continuare a prodursi come tale.

L'eccezionalità dell'opera d'arte

Ogni uomo non è solo un "animale sociale", che vive esclusivamente con gli altri, poiché attraverso la sua capacità d'agire egli è in grado d'oltrepassare la banalità. Inoltre, attraverso questa capacità, egli è anche in grado di trasmettersi agli altri, di prodursi in loro; questo perché il suo incontrare gli altri è principalmente un atto comunicativo, non solo fisico. Essendo un essere che agisce egli trasmette indissolubilmente una volontà che genera dei significati, di conseguenza l'incontro con gli altri diviene l'evento di questa generazione. L'essenza dell'uomo è perciò la sua originalità, la sua capacità d'originare, la quale non avviene per le cose, ma eventualmente tramite esse per l'essere e nell'essere degli altri.

L'originalità dell'individuo non si pone quindi in un'origine causale posta in un passato temporale, ma piuttosto in questa capacità d'essere un'origine per gli altri. Questa capacità che si rende concreta negli atti e si comunica attraverso i suoi significati, può stabilizzarsi nell'aspetto delle realizzazioni dell'uomo, ossia nelle sue opere. Queste ultime di conseguenza sono il luogo dove l'atto mantiene il suo essere stato posto in atto, posto principalmente com'esperienza, affinché il significato dell'agire stesso non perisca. Ciò implica che l'atto umano possa perdurare come significato nella sua opera, la quale sarà perciò principalmente l'evidenza di quell'atto, l'evidenza di quell'atto che vuol continuare, tramite l'esperienza, ad incontrarsi con gli altri, ad originare in loro.

L'opera ha quindi questa possibilità: la possibilità d'accogliere la vita. Attraverso l'opera ciò che si conosce non è la *cosa* che è in opera, ma la virtualità dell'opera: le possibilità stesse della vita. Di conseguenza l'opera non è mai in se stessa, o meglio, ciò che ha senso nell'opera non è il suo sé, ma ciò che è in grado di mostrare. L'opera non mette in luce la propria costituzione oggettiva, ma attraverso quella mostra il rapporto che è stata in grado d'intrattenere con la vita dell'uomo, ciò che la vita ha dimostrato d'essere in quella materia, la quale è l'unica in grado di mantenerne il *segno*, ciò che la vita può, quello che la vita è.

Un'opera della natura difatti non ha alcun interesse per il significato dell'uomo. Una pietra levigata dal fiume non ha lo stesso significato di una pietra levigata dalla mano dell'uomo, anche se dal punto di vista della loro apparenza possano considerarsi molto simili. Per il significato che quella pietra può assumere è d'estrema importanza dunque stabilire la differenza: se quella pietra è stata levigata dal fiume oppure dall'uomo.

Nell'opera ciò che conta non è l'apparenza, ma il legame di questa alla vita dell'uomo. Nell'opera ciò che conta non è la bellezza, difatti può anche apparire più bella una pietra levigata dal fiume piuttosto che quella levigata da un uomo. Ciò che è importante è invece il senso che la pietra possiede, il senso che può mostrare, perché se la pietra è levigata dal fiume essa non cela alcun significato, mentre quella levigata dall'uomo accoglie l'esperienza, contiene la virtualità dell'uomo, le possibilità del suo vivere.

Il successo di un'opera non è dunque dovuto al suo carattere esclusivamente oggettivo, ma a ciò che essa è in grado di nascondere nel momento stesso di mostrarsi. Nello specifico le questioni che essa pone, ciò che il suo mostrarsi fa intuire. Difatti più un'opera richiede l'esclusività della nostra presenza, più essa ci richiede d'appassionarci. Essa ci chiede delle risposte, e più chiede più se ne parlerà; più se ne parlerà e più è probabile che divenga famosa, ma se oltre a ciò se ne parlerà anche perché ciò che mostra non è del tutto evidente, che vi è dunque un nucleo d'originalità che emana continuamente la ricchezza delle sue possibilità, allora è probabile che questa medesima opera potrà anche avere successo.

La gente difatti in genere non parla per dire ciò che è risaputo, ma anche quando banalmente e semplicemente chiacchiera, lo fa sempre con l'intenzione di far comprendere qualcosa. Così chi acquista un'opera d'arte non lo fa con il solo scopo di conservarla, ma perché questo possederla gli appare come una ricchezza, ossia qualcosa che non è stato ancora sfruttato pienamente, e che quando anche gli altri comprenderanno ciò che lui ha solo intuito, essa potrà allora manifestarsi pienamente per quello che è. E' in questo senso che chi acquista un'opera d'arte compie un investimento. Difatti chi investe lo fa per scommettere sul futuro di un'opera, non sul suo presente. Egli scommette sul fatto che quell'opera ha da dire molto di più di quello che ha detto fino al momento del suo acquisto, il quale gli risulta solo una parte della ricchezza di significati che l'opera è invece in grado di mostrare.

Questa ricchezza di significati che l'opera mantiene in sé, ne fa la sua originalità, e l'originalità dell'opera, a sua volta, è ciò che porta alla luce l'eccezionalità di un'azione, di un fatto, di un pensiero, ossia le possibilità dell'opera, la sua capacità di mantenere l'esperienza di quell'atto che l'ha originata.

Con la parola eccezionalità viene però a delinearsi un momento molto particolare dell'atto. Il carattere dell'esperienza è il carattere di ciò che non perisce nell'individuo, e come tale esso è un'origine che produce continuamente dei nuovi inizi. Questi sono destinati ad affrontare la regolarità che costituisce gli avvenimenti. Un avvenimento è ciò che è già stato previsto, già concepito come utile. L'eccezionalità di un atto produttivo è ciò che invece irrompe nella regolarità dell'avvenimento e ne scardina il suo incatenamento necessario. E' quanto non si lega con il precedente, che lo perturba, che gl'impone di finire. Essa interviene in opposizione al prima, ma senza doverlo annientare, solo per porgli una fine, un nuovo fine.

L'eccezionalità non vuole distruggere la vita, ma solo aprirla a nuove prospettive, ed è per questo che l'atto produttivo può entrare nella sfera di ciò che ha successo solo nel momento in cui si capisce che esso si configura come un nuovo modo di continuazione del passato, quando appunto esso si prefigura come uno sviluppo, quando ne aumenta l'utilità, e non quando solo la distrugge. L'eccezione può entrare dunque nella dimensione del successo, quando essa diviene in grado d'esprimere le potenzialità del suo atto, o comunque quando riesce a far sì che queste potenzialità siano intuite. L'atto della produzione emerge dalla semplice ripetizione meccanica e dal suo concetto universale solo quando non persegue più la semplice logica del mantenimento, ma piuttosto del miglioramento.

L'eccezione è dunque una spaccatura che interviene nell'ordinario e riqualifica un determinato elemento come diverso. Essa a questo stadio può modificare il divenire perché si profila come il fluire dell'essere nel corso del divenire appunto le sue possibilità. Ciononostante può anche rimanere un semplice abbozzo della modificazione stessa. In effetti che l'eccezione sia come una porta che può aprire su nuove strade non implica che queste strade possano essere poi percorse effettivamente. Rimane perciò nell'ambito d'essere una possibilità, piuttosto che un fatto. Ciononostante essa non va in ogni caso assimilata semplicemente alla genericità del possibile, dato che è già per sé un'incarnazione di quello, ossia è già un modo in cui l'atto avviene, è gia un modo d'essere della possibilità.

L'eccezione è pertanto ciò che fa volgere lo sguardo al cielo, proprio perché la naturalità della terra e le necessità della sua pura conservazione sono solo la materia, non il senso della materia, non il destino della materia.

Tra il fare e colui che fa la relazione è dunque di scambio reciproco. L'essere dona al fare, ma allo stesso tempo il fare, nel suo compiere, è ciò che dona all'essere. Ciò che gli dona è sostanzialmente la coscienza. Il fare si potrebbe paragonare perciò ad un riflesso che rimanda all'essere la sua percepibilità, è come se gli dicesse: questo sei tu!

Ciò che si è prodotto nel fare è quanto appartiene al suo essere stato fatto: l'operato dell'opera. In quanto elemento realizzato l'opera ha dunque una vita propria, ciononostante le sue ragioni non gli appartengono. Questo perché l'opera deterrà sempre la fisionomia di quel desiderio che ha mosso il suo essere stata fatta, se lo porterà sempre con sé. Il desiderio non è dunque dell'opera, esso appartiene a chi l'ha posto in lei. Un'opera perciò non può desiderare nulla, ma solo esprimere e raccontare. Raccontare la sua storia, la storia del suo incontro con l'atto che l'ha generata, della materia di cui è fatta, di come quelle forze si sono incontrate e hanno parlato tra di loro, hanno generato tra di loro, unendosi. E' perché essa non possiede il desiderio che l'opera può solo conservare l'esperienza senza poterla esibire nell'evidenza. Un'opera può vivere assolutamente per proprio conto, ma la sua origine, ciò che gli permette d'avere senso, non è mai in se stessa.

Un'opera è compiuta solo perché è stata compiuta, non perché si è compiuta. Essa è opera perché è stata operata nel desiderio dell'uomo, che è il solo che le può dare senso. Essa c'interessa proprio perché ci parla dell'uomo, non dell'opera. L'opera in se stessa non ha perciò alcun senso. D'altra parte l'uomo c'interessa perché ha saputo prodursi al di fuori di sé, perché ha reso concreto il suo desiderio in qualcosa che è estraneo al suo essere. L'uomo che troviamo nell'opera c'interessa perché ha saputo generare oltre se stesso, ha saputo oltrepassare i limiti della sua medesima finitudine.

L'esperienza, che il desiderio ha agito, ha migrato dall'esclusiva intimità percettiva dell'autore verso il concepirsi riflessivo dell'opera. L'esperienza è concepibile nell'opera proprio perché questa è divenuta voce, non più udibile solo dalla coscienza dell'autore. L'esperienza giungendo ad essere opera è divenuta in grado di parlare a tutti coloro che sanno intendere, non solo pertanto all'autore. Ed è per questo motivo che il successo di un'opera è anche il successo di colui che ha operato nella sua generazione.

Con ciò va notato che questo non è però un rapporto unidirezionale, ma piuttosto che esiste una certa reciprocità tra l'autore e la sua opera. Difatti l'autore non acquisisce successo semplicemente perché è colui che ha prodotto l'opera, ma perché quest'ultima è riuscita, essa stessa, a mostrare attraverso la sua materia il desiderio che l'ha creata. Questa materia è in sostanza ciò che ha permesso l'organizzazione di quel desiderio che gli ha dato vita, che gli ha offerto una ragione in grado di divenire opera, ossia di non essere solo un fatto naturale, permettergli così di compiersi come materia che si può comprendere.

Senza questa ragione apposta nella materia l'opera non potrebbe parlare dell'esperienza, così come non potrebbe divenire nemmeno una possibilità stessa di ciò che si può vivere, poiché rimarrebbe semplicemente una cosa tra le tante. Essa divenendo opera non rimane perciò nemmeno solo una vacuità del desiderio. Manifestandosi attraverso l'eccezionalità dell'individuo, il desiderio oggettiva la sua unicità in quella costante necessità universale che solo la materia può offrirgli, ossia la necessità di una concretezza.

L'attore della storia

Lo stretto legame tra l'essere e le sue azioni, ma anche tra ciò che le azioni producono e l'essere, fa sì che per comprendere il successo dell'essere divenga importante comprendere gli esiti dell'azione. Si evidenzia perciò il fatto che affinché un'azione giunga a buon fine, questa debba considerare dove va a porsi in atto, ciò perché le intenzioni non sono sufficienti a determinare il risultato dell'azione. Inoltre, che se ne parli, è lo strumento che permette l'attribuzione del successo, ma prima che se ne parli, serve qualcosa di cui parlare. Inoltre questo qualcosa, per suscitare interesse, suscitare le parole, deve possedere un grado d'eccezionalità.

Si può comprendere perciò quali siano i termini della questione. Affinché una persona abbia successo deve aver realizzato qualche cosa che ha fatto parlare di sé, un qualcosa che per la sua particolarità ha avuto sostanzialmente successo.

Se il successo deriva dal fatto che se ne parli, l'originalità dell'esperienza è ciò che sta alla sua base. Ciononostante quest'ultima non procura automaticamente successo, perché prima deve essere compresa, se ne deve constatare l'effettiva originalità.

Questo grado d'originalità del resto sarà valutabile solo da chi ne potrà parlare, e chi ne potrà parlare dovrà possedere quel desiderio specifico che gli faccia considerare correttamente l'originalità dell'esperienza che gli si offre. Se una persona ad esempio si considererà sostanzialmente realizzata, avrà probabilmente più difficoltà a considerare il grado d'originalità di un'esperienza possibile, proprio perché quel possibile non potrà rientrare anche nelle sue possibilità. Lo stesso discorso lo si può fare anche con la cultura ufficiale, la quale nel suo irrigidimento dimostra per lo più una certa difficoltà ad accogliere la repentinità dei suoi mutamenti. Questi, in effetti, mettono sempre a rischio la sua stabilità, la sua possibilità di perdurare come valore del vivere sociale.

Momenti storici più rivoluzionari di altri si sono avuti proprio per un diverso grado di predisposizione ad accogliere le possibilità della vita, al tentativo di darle un maggior rispetto. Il successo si colloca sempre storicamente: il successo delle dottrine economiche marxiste, per esempio. Difatti non esiste mai un successo che sia avulso dal riconoscimento condotto da almeno una parte del genere umano. Questi è l'unico ad essere referente dell'esperienza individuale; unico a far sì che questa, l'esperienza individuale, possa anche divenire qualche cosa di realizzabile per altri.

Questo perché l'originalità della singola esperienza manca sempre della sua generalizzazione. Se per esempio l'umanità come genere dovesse sentire la mancanza di Dio, oppure come altro esempio il bisogno di una stabilità economica, avrà di certo più disposizione ad accogliere delle proposte che andranno in questo o quell'altro senso piuttosto che in altri. Non sarà dunque mai la semplice proposta individuale a determinare il modo in cui essa potrà e verrà accolta.

Le necessità umane sono fenomeni culturali, sono il risultato di scambi reciproci che si rivelano nella dimensione del sentire, ossia in quella dimensione che costituisce il mondo emotivo d'ogni individuo. Più però gli uomini vivono assieme e più sono anche in grado d'uniformare quel loro mondo e di conseguenza i loro desideri. Ciò fa sì che si possa quindi parlare di un sentimento dell'umanità che non è solo la somma algebrica dei singoli sentimenti umani. In effetti non si potrebbe comprendere la dinamica del successo senza avere come riferimento discorsivo un soggetto ove appunto il soggetto individuale sia solo una parte quantitativa e non anche una parte "organica" del sistema umano.

Se non ci fosse un interscambio spirituale tra gli individui, nessuno potrebbe immaginare che l'esperienza degli altri possa essere ritenuta importante, così come nessuno potrebbe immaginare che essa appartiene anche all'essere una, nostra, possibilità. Se ognuno fosse solo ed esclusivamente se stesso, indipendentemente dagli altri, non potrebbe esistere un genere dove i confini individuali sono solo i confini dell'autonomia individuale, non del suo senso. In altre parole se ogni individuo possiede la libertà di scegliere autonomamente gli atti più opportuni per la sua esistenza, attraverso il vincolo spirituale che intrattiene con gli altri, egli non possiede però la libertà morale di fare qualche cosa che li danneggi. Che egli non possieda questa libertà fa sì che tra lui e gli altri vi sia un legame sovrapersonale che gli permette d'aver un senso, un senso che come se stesso non potrebbe possedere.

Chiaramente ogni persona può danneggiare gli altri, ma ciò non perché lo deve fare. Se si sceglie di danneggiare gli altri, ci si pone forzatamente al di fuori dell'umanità, al di fuori del suo senso, la quale è sostanzialmente il patto di una costruzione del destino dell'uomo, inteso al di fuori della sua semplice singolarità.

Chi compie la scelta di danneggiare gli altri perde in effetti il proprio senso, proprio perché il senso dell'uomo non è in un singolo ciclo, ma nella sua ripetizione. Chi danneggia gli altri non può quindi avere alcun successo, proprio perché il successo è l'elemento che segnala che le singole esperienze si trovano sulla strada della costruzione di un destino complessivo, ossia del destino che ha nell'umanità l'attore a noi più vicino. Il successo è fondamentalmente una forma d'approvazione che quanto il singolo sceglie ed immagina, può essere condiviso e può appartenere alle scelte e all'immaginazione di tutti. Esso sancisce pertanto i sogni individuali donandogli il carattere più ampio dell'azione complessiva.

Inoltre dire danneggiare gli altri ha in questo contesto solo un valore discorsivo, proprio perché il danno non si manifesta mai nei principi, ma solo negli effetti. La storia ci mostra che la definizione di *danno* non può essere stabilita aprioristicamente. Essa si dimostra solo a posteriori. Non è possibile affermare che una possibilità dell'esperienza sarà forzatamente dannosa o meno, si può ipotizzare un rischio, ma non si può andare oltre.

Difatti è proprio qui che si trova l'impegno dell'umanità per sviluppare la capacità d'immaginare il suo futuro, così come è qui che si trova l'importanza del successo come elemento che possa stabilire la validità o meno di un orientamento per il genere umano nella sua complessità.

Nella storia si contano innumerevoli persone che seppur di gran successo nel loro tempo, agli occhi di un dopo, hanno dimostrato invece i grandi danni che hanno procurato alla costruzione di un disegno d'emancipazione collettiva. Potremmo dire che la storia stessa, e il giudizio storico che su di essa si basa, nascono proprio con questa esigenza. Nascono per il motivo di giudicare il passato, di stabilire a posteriori quello che fondamentalmente nel *a priori* non si dimostrava, e che, in alcuni casi, poteva anche apparire a quel *prima* come una promessa di benessere.

D'altra parte un giudizio sul passato non può avere un valore consequenziale sul futuro. La storia non è una scienza previsionale. In questo senso essa non può insegnare nulla di definitivo. Essa, in effetti, non può mai essere generalizzata. Ogni fatto storico rimane sostanzialmente *figlio* del suo tempo. Quello che la storia può fare quindi non è insegnare, ma più che altro allertare. Non è dunque una possibilità della storia fornire degli elementi universalizzabili, ma piuttosto creare uno stato d'attenzione, di vigilanza, sugli eventi che succedono, che ci succedono. Questo stato è dunque profittevole dal punto di vista del come si agisce; rende evidente principalmente la maniera in cui si opera nel mondo; pone in primo piano, non gli obiettivi che ci si pone risultanti da un'universalizzazione della storia che come si è visto non è mai realizzabile, ma il metodo in cui si fan le cose, perché è esso che potrà garantire la correttezza dei risultati.

In questo caso non saranno i fini che giustificheranno i mezzi, non sarà il valore aprioristico del progetto che giustificherà l'eticità o meno dei mezzi adottati, ma piuttosto sarà la bontà o meno di quelli, dei mezzi adottati, a permettere di preconizzare la correttezza etica dei fini. La vigilanza sul come si agisce diviene dunque importante proprio in riguardo a *come* si produce, a *come* si andrà **a** produrre, perché ciò avrà una ripercussione importante, seppur in modo non del tutto prevedibile, sui risultati.

A questo punto diviene necessario evocare quale sia il tipo di vigilanza che andrebbe posta in atto. Se il successo può essere considerato come l'ambito dove il singolo trae il senso della sua esistenza nel rapporto con i suoi simili, piuttosto che semplicemente in se stesso e nell'esclusività del proprio mondo mentale, allora il concetto d'appartenenza all'universalità del genere umano, il concetto d'umanità, apparirà inscindibile da quello di successo e del significato che esso possa rappresentare. Il successo che non si misura semplicemente con il grado di vertigine che determinate esperienze possono, più o meno, produrre nell'individuo, acquisisce dunque altre priorità. Esso avendo come misura il rapporto con gli altri e il modo in cui questo rapporto si sviluppa, avrà in attenzione principalmente il fatto che, il tipo di successo ricercato, non sia a scapito degli altri, ossia che possa essere il riconoscimento di un vero e proprio atto di dedizione il cui fine è l'emancipazione complessiva.

Il singolo che vuol progredire dalla riuscita al successo deve dunque considerare che, se la riuscita possiede dei vantaggi principalmente dal punto di vista dell'autonomia personale: riuscire a camminare ad andare in bicicletta, riuscire a leggere ecc., aver successo implica entrare invece intimamente in rapporto con gli altri, ossia implica oltrepassare la sfera assoluta ed oggettiva per congiungersi a quella sentimentale e spirituale, ove il soggetto delle proprie azioni, o meglio ove chi trae vantaggio dalle azioni individuali, non risulterà essere esclusivamente il singolo per se stesso, ma piuttosto lui medesimo nell'appartenere alla complessità del suo genere.

Affinché la persona di successo possa essere riconosciuta deve quindi, in prima istanza, possedere la capacità di sviluppare il sentimento che gli permetta di riconoscere ed apprezzare gli altri. Senza questo prerequisito sarà appunto difficile riuscire a stabilire una vera relazione comunicativa proficua.

La storia non è mai esclusivamente univoca, non è mai composta solo dalla memoria degli accadimenti che hanno prodotto le conseguenze più evidenti per la vita di un popolo. In effetti ci sono molte storie che compongono la storia, infinite storie particolari, si pensi ad esempio alla storia dell'arte, della letteratura, della scienza... per citarne solo alcune delle più accreditate tra gli studiosi. In tutti questi livelli nei quali la storia s'evidenzia, ciò che è importante, come per il discorso precedente, è il fatto che essendo attenti a ciò che è successo, noi diveniamo attenti anche ciò che ci succede. E' come se nell'esercizio di scrutare il passato noi acquisissimo la capacità d'essere attenti al nostro presente; acquisissimo un criterio per osservare, per vedere ciò che ci succede davvero, ciò che ci sta accadendo per davvero. E' dunque importante per comprendere la storia, non tanto sapere per filo e per segno quello che è stato fatto per il semplice fatto di conoscerlo, ma piuttosto venire a conoscenza di ciò che è successo per comprendere ciò che si vuol fare, ciò che si farà. L'importanza della storia non sta dunque, come per la sua conoscenza, nel passato, ma piuttosto nella consapevolezza di poter scegliere, e non solo di giungere, in un tempo futuro.

Non si tratterà quindi di considerare la storia del fare umano alla stregua di un modello del fare, ma piuttosto come un'acquisizione che va compresa più che ripetuta. La storia avendo come soggetto principale i fatti accaduti e la loro conoscenza, ci permette d'evitare la ripetizione. Questo perché è proprio essa, la ripetizione, ciò che annullerebbe il significato stesso di quel divenire che si manifesta nell'unità stessa della storia.

La storia, con la sua esistenza, denota l'esigenza della novità. Essa è là per intimare a non ripetere ciò che già è stato fatto; è là per offrire le sue possibilità immanenti, non ciò che è nella sua evidenza. La storia espone il susseguirsi dell'unicità, e con il suo mostrarlo, essa ci rimarca costantemente che per rientrare nel suo senso non è possibile semplicemente ripetere ciò che già è avvenuto. E' in questo che la storia ci si propone come storia dell'umanità, ossia come storia delle singolarità che divengono qualcosa che non è più solo di qualcuno. La singolarità come i singoli atti del divenire storico è sostanzialmente ciò in cui si realizza il corso dell'umanità; corso che richiede d'opporsi alla naturalità della ripetizione, la quale non potrebbe che ridurre l'uomo ad essere una semplice cosa venuta alla luce del tempo piuttosto che del suo senso.

Va però notato che non è nella singolarità che si sancisce il successo. In effetti questo viene riconosciuto solo come appartenenza al genere, come singolarità che agisce nel genere, piuttosto che semplicemente per sé.

La singolarità può essere il centro propulsivo del genere, perché è solo in essa che l'azione può essere scelta. L'autonomia del singolo, quella stessa autonomia che come si è visto gli permetteva di portare a buon fine le attività che intraprendeva, è dunque anche l'elemento propulsivo del successo.

Il genere non deve dunque interferire sull'autonomia individuale, proprio perché il genere, in se stesso, non è in grado di scegliere. Quando una società sancisce la libertà di pensiero degli individui, ciò che sancisce nei fatti è la loro libertà d'azione. Il pensiero non nasce avulsamente, ma ha la sua origine biologica nel singolo uomo, non nella generalità degli uomini. Ogni uomo dunque, come individuo, è portatore della capacità di pensare ed agire; ma non solo: ogni uomo pensa, e se non viene ostacolato da vincoli che ne compromettono l'integrità, agisce anche di conseguenza, agisce in modo autonomo. Ogni uomo che non viene sottoposto ad imposizioni culturali o sociali fortemente limitanti, può sviluppare dunque un pensiero originale ed agire pertanto nel senso di un divenire della storia. Ed è solo in questo modo, attraverso questa libertà, che egli avrà la possibilità di realizzare delle azioni di successo, ossia riconosciute dal genere, ed essere la vera forza motrice di un senso per la complessità della storia.

La verità dell'essere

Come si è visto però non tutte le azioni saranno candidate al successo, così come nemmeno lo potranno ottenere. Che l'uomo possa pensare e agire è un prerequisito affinché le azioni possano averlo, successo, non la sua garanzia. Per altro questa garanzia bisogna ammettere che nemmeno può esistere. Questo scritto in effetti non vuole proporsi come un manuale per avere successo, proprio perché, come si è detto in precedenza, la storia non può insegnare ad averlo, ma semplicemente ad evidenziare tutt'al più ciò che l'ha avuto. Ma queste azioni che hanno avuto successo, seppur ripetute tali e quali, non potranno più averlo, proprio perché questo è legato all'originalità dell'individuo, alla sua unicità, e pertanto giunge una sola volta.

Esso, giustamente, premia l'originalità, premia la coincidenza con la verità di un'origine, il suo provenire da questa, e questa provenienza è sempre univoca, ossia l'unico modo per essere vera.

La verità di una qualsiasi cosa, sta solo in sé, e questo sé è sempre unico, si propone solo ed esclusivamente per una volta sola. Il successo, ad esempio di una teoria scientifica, è quello di parlare con esattezza di un fenomeno. Dire il contrario, o dire altro che non riguardi il fenomeno preso in considerazione, non sarà esatto, dunque non potrà raccontare la verità di quel fenomeno nel suo avvenire situato in una prospettiva temporale che non può che essere unidirezionale. Certamente su determinati fenomeni possono esserci più teorie che partecipano alla sua spiegazione, ma questo perché non si è ancora riusciti, oppure non si può materialmente ancora spiegare con esattezza, il fenomeno nella sua singolarità. La migliore teoria scientifica su un determinato soggetto è sempre quella che annulla tutte le altre, proprio perché le rende inutili. E' quella che impiega il metodo della verità, dell'unicità, per cogliere il carattere originario del fenomeno. E il metodo della verità è sempre quello che si fonda sulla costituzione dell'essere, ovvero di quell'essere che nella sua assolutizzazione non è tutto il resto; che possiede dei confini, delle caratteristiche proprie, ossia tutto ciò che gli permette appunto la sua indipendenza costituzionale.

L'essere, di fatto, fonda la propria sostanzialità su una convinzione; questa alla maniera di una legge lo lega alla forma inscindibile dei suoi predicati. Il primo di questi predicati è quello della non contraddizione, di ciò che l'essere non è: il *non è* appunto; per cui tutto ciò che è: non può non essere.

Alla stessa stregua tutto ciò che è vero non è falso. Per questo assunto la verità coincide alla vita nella sua opposizione a quel non essere che è la morte. La verità è perciò un procedimento per la costituzione del destino dei viventi. La verità in questo senso è perciò l'accordo tacito di un patto tra di essi, il patto d'essere uomini appartenenti al proprio genere, appartenenti all'umanità. La verità è dunque un patto, il patto imprescindibile tra quegli uomini che hanno deciso di vivere nel medesimo senso.

Con questo non voglio affermare che il patto della verità è sempre rispettato, ma esso rimane in ogni caso il punto fermo della possibilità di poter vivere assieme.

Decidendo di vivere assieme gli uomini non possono esimersi dal parlarsi. Parlandosi essi hanno implicitamente deciso di comunicarsi le loro esperienze, i propri saperi, e ciò avviene solo raccontando ciò che le cose *sono* o *non sono*, comunicando appunto, tramite i predicati dell'essere la sostanzialità delle cose. Attraverso questi predicati la comunicazione può avvenire attraverso la verità, ossia l'unico metodo per cui ci si possa appropriare delle esperienze altrui, in quanto è attraverso la verità che le esperienze singolari possano essere trasmissibili, che possano transitare da individuo ad individuo. Senza una legge dell'essere non ci potrebbe quindi essere un metodo di comunicazione nella verità, non ci potrebbe essere dunque neppure la capacità di trasmissione dell'esperienza e nemmeno nessun tipo di riconoscimento collettivo come è appunto il successo. Non vi potrebbe esser in definitiva nemmeno una storia collettiva, ossia un destino dell'umanità che possa essere agito singolarmente.

Non so se l'essere sia insostituibile per la convivenza degli uomini e se esso possa o potrebbe essere sostituito ad altri modi di comunicare, sta di fatto che esso appartiene alla realtà del nostro modo di pensare, ossia a quella particolare struttura del pensiero che ci fa essere comunicanti, che ci permette di collaborare, di realizzare delle cose assieme. L'essere, molto probabilmente, non è indispensabile all'animale uomo, ma piuttosto all'uomo come animale sociale. Esso è in ogni caso una realtà umana, come le braccia o le gambe di un corpo anche l'essere è ormai divenuto una sorta di braccio o gamba che permette all'umanità di realizzarsi attraverso la collaborazione tra gli uomini, d'appartenere dunque ad un disegno comune, ad un destino che oltrepassi la singola individualità.

Credo in definitiva che dell'essere se ne potrebbe anche fare a meno, ma quello che rimane certo è che senza questo essere l'uomo tornerebbe al suo stato primario d'ingenuità. L'uomo senza essere sarebbe di certo amputato delle possibilità che ha costruito attraverso il suo divenire storico. Amputato dunque della possibilità, ossia di quella medesima possibilità che gli permette di costituirsi e riconoscersi all'interno di un senso comune al suo genere: costituirsi come umanità.

Il senso della creatività

Affinché qualche cosa che si fa possa avere successo, deve dunque essere comprensibile. Bisogna che, affinché altri siano disposti ad accordargli la possibilità di succedere, esso sia qualche cosa che possegga il carattere d'essere trasmissibile, appartenere perciò al linguaggio, e che su questo si strutturi. E' proprio per questo motivo che deve possedere una logica, ossia avere una finalità.

Del resto quando si ha intenzione di creare qualche cosa, si deve avere un'idea di ciò che si vuole. Ciò comporta che si debba possedere una definizione, si debba possedere un pensiero limitato ad un determinato ambito, ad una specifica materia.

Un pensiero di questo tipo deve dunque racchiudersi nella possibilità di raggiungere o meno ciò che si vuole, deve pertanto confrontarsi con la possibilità dell'errore, ma non solo deve confrontarsi, deve anche rapportarsi a questa possibilità. Difatti è nell'istaurare un rapporto con l'errore che si rende possibile la creatività del pensiero.

In effetti la vera capacità di creazione non è il raggiungimento dell'obiettivo di ciò che si voleva, ma piuttosto la disponibilità a riconoscere l'impensabile, ossia la disponibilità a sbagliare, al saper trarre da questo rischio un vantaggio. L'attività creativa che avviene nella ricerca del proprio volere non è una semplice riproduzione di quello, ma è piuttosto la disponibilità all'accordo della propria idea con l'impensabile, con l'imprevedibile, con la possibilità di sbagliare. Ed è questo permettere che la propria idea si trasformi nel rapporto con le cose e che divenga sostanzialmente, dal punto di vista dell'idea iniziale un errore, che fa sì che la creazione possa avvenire.

Il pensiero quando crea ordina un determinato disordine, un determinato caos, nell'essere di qualche cosa. L'origine della creazione è perciò nell'idea organizzativa. Quest'idea però, presa nella sua assolutezza, è solo un movimento a vuoto, che non ha oggetto. Essa non feconda nulla se non viene posta in relazione ad un *caos*, e non può dunque per se stessa generare altro di diverso che il suo agitarsi medesimo. Difatti il principio di un'idea organizzativa è in se stesso immutabile; non possedendo una sostanza esso rimane come principio sempre identico a sé; non è dunque in grado di produrre nulla oltre al suo movimento; non può ingenerare nulla di nuovo, mentre come si è visto il successo è invece il riconoscimento che qualche cosa che è nato non ha comparazioni con ciò che si è visto fino ad allora, ossia che è sostanzialmente diverso da tutto il resto.

E' per queste ragioni che il processo creativo del pensiero deve avvalersi, non solo dell'immutabilità dell'essere come struttura organizzativa della creazione, ma bensì anche di tutte quelle sfumature che insorgono per proprio conto quando si cerca appunto di accordare le proprie idee alla realtà. Il grado d'originalità è a questo livello che emerge. Il grado d'originalità non si trova nell'esclusivo riflesso dell'idea, ma nella sua contestualizzazione, in definitiva nel suo entrare in rapporto a ciò che muta, ma anche nella sua capacità d'adattarsi e modificarsi in funzione di questo mutare.

Se la struttura dell'idea nel suo atto formale è immutabile, il suo divenire all'interno della materia è l'atto della creazione: la sua sostanziale mortalità. L'idea può divenire unica solo se si consegna al divenire della materia, ossia nella sua realizzazione storica. E' in questo stato che si genera l'originalità dell'idea, ovvero quando essa si relaziona effettivamente con il contesto reale della vita. Attraverso questa relazione ciò che matura è il processo storico, processo che fa sì che la storia possa superare il semplice passare del tempo, e divenire costruzione di senso.

Si capisce perciò l'importanza capitale del momento in cui l'idea incontra la materia, dove l'atto non è più solo un movimento a vuoto, ma diviene un'operazione. Si tratta pertanto di un atto su qualcosa, che ha un oggetto, è in questo senso che esso opera. Quest'incontro che opera è in ogni caso orientato, possiede uno scopo, guarda a ciò che sarà. Esso si pone, non per l'incontro, ma nella logica di ciò che l'incontro produce: il suo dopo. Ed è questo, il dopo, lo scopo del connubio dell'incontro tra idea e materia.

L'importanza di quest'unione è perciò capitale, perché è proprio nel suo modo d'avvenire che si pone la particolarità di un segno che è in grado di modificare l'avvenire. Cosa che la storia come conoscenza di ciò che è stato non può affatto compiere, in quanto essa, nella costruzione di senso, è solo il passato, è solo ciò che corrisponde a quanto è già stato realizzato.

Certamente vi sono delle costanti nel passato e determinate condizioni non sono eludibili. Se ciò non fosse, la scienza non potrebbe essere applicata all'ordinarietà della vita. Che essa possegga questa prerogativa non va però considerato come la risoluzione del problema del futuro attraverso le conoscenze, seppur scientifiche, maturate nel passato; siccome la scienza, bisogna qui ricordarlo, può solo risolvere i problemi, non crearli; questa particolarità ha però una portata capitale nella costruzione del futuro. La scienza di fatto è una forma di deduzione, non di creazione. Sa spiegare perché ciò che è successo è avvenuto più volte. Il suo potere previsionale si limita alla ripetitività dei fenomeni. Nell'atto creativo invece quello che è in opera è un parallelismo. Ciò che si attua è l'avvenimento delle corrispondenze, per cui la forma intellettuale che è agita non è la conoscenza previsionale, ma piuttosto la comprensione, o assimilazione a sé.

Nella creazione ciò che è, non è mai un se stesso, ma piuttosto un riflesso d'altro. La comprensione è questa capacità d'accogliere l'impressione di qualcosa che è diverso dalla ripetizione temporale del proprio sé. E' in questo senso che la creazione produce "senso", produce un oggetto esteriore al proprio sé, qualche cosa in cui è possibile inserirsi, una possibilità in cui il sé divenga esperienza, ossia che non perisca ma perduri nel dopo, in un percorso fattibile.

La creazione non realizza mai delle cose in se stesse, assimilabili alla natura, ma bensì sempre delle cose fatte per porsi in relazione all'uomo. La creazione è sempre fatta dall'uomo ed è sempre ed esclusivamente fatta per il suo senso. Essa modifica le caratteristiche della materia, ma sempre in funzione del riflesso che questa avrà sull'uomo. La creazione umana non potrà mai essere la creazione divina, proprio perché ogni atto umano partecipa dell'idea che la pone in essere, e questa è sempre legata indissolubilmente all'uomo.

Anche l'idea di preservare allo stato naturale certi territori della terra, ad esempio, non appartiene alla natura. Il rimanere allo stato naturale di questi territori appartiene a quell'idea umana, e non allo stato naturale di per se stesso. La preservazione della natura appartiene dunque, seppur apparentemente potrebbe apparire il contrario, ad un fenomeno creativo assimilato pienamente all'idea che l'uomo ha del proprio senso.

Essendo la creazione un riflesso, ora ciò che è importante considerare è come la materia rifletta l'idea, come essa sostanzialmente accolga il riflesso dell'uomo, ma anche come lo condizioni. D'altro lato invece ciò che è importante considerare sono le caratteristiche delle idee, proprio perché le idee creative hanno un loro specifico, non sono per intenderci idee qualunque, non sono ad esempio idee semplicemente ripetibili, ma si formano in un determinato modo, ed hanno nella peculiarità dell'individuo la possibilità della loro costituzione.

L'idea di sé

Siccome le idee trovano la loro culla nell'individuo, è interessante osservare che in effetti esse non nascono dal nulla. Le idee fondamentalmente sono anch'esse già qualcosa che appartiene ad un riflesso.

Potremmo dire che l'individuo, proprio perché le idee mostrano già qualcosa, può compiere su di esse delle elaborazioni, delle commistioni. L'idea, in effetti, è già di per sé un principio di creazione, un principio immateriale, in questo senso funge già da ipotesi della creazione. Un'idea può indubbiamente essere conosciuta, ma affinché divenga un'idea creativa, essa non può venire riprodotta nello stesso modo in cui è stata conosciuta.

L'idea conosciuta, per divenire creativa, ossia per possedere un grado di originalità, deve commissionarsi con l'idea dell'individuo. Tenendo presente che ogni individuo non può conoscersi per ciò che è nel suo se stesso, come più volte si è tentato di spiegare in questo scritto, non gli rimane che essere ciò che egli immagina d'essere, ossia ciò che pensa d'essere. Egli conosce di sé solo questo, la sua "immagine": ciò che si mostra alla sua sensibilità. In estrema analisi se ad una persona gli si chiede chi sia in verità, questa stessa persona non potrà che rispondere: non lo so; e non perché voglia mentire, ma piuttosto il contrario, perché è obbligata a dire ciò che è veramente.

Il non sapere chi si è sta perciò alla base del nostro essere. Il sapere chi si è, pertanto, non passa attraverso atti di conoscenza pura, ma bensì tramite ciò che si fa e alla sua percepibilità: all'esserne coscienti. Ciononostante entrambe le cose non coincidono con noi stessi, ed è proprio perché non vi è una coincidenza che non possiamo sapere chi siamo veramente, ma solo immaginarcelo.

Un altro aspetto che concorre in questo processo di comprensione di sé, è la percezione degli altri, quello che si è per loro. In alcuni casi questo può, seppur dimorando una semplificazione, essere sufficiente a definire chi siamo. In effetti ci può anche essere sufficiente sapere come gli altri ci vedono per definire la nostra personalità (da intendere nell'antico senso di maschera), ossia la nostra identità pubblica: per crearci un'idea adeguata di noi stessi ed agire di conseguenza.

Tutti gli apparecchi tecnici che ci ridanno un'immagine di noi stessi, tutto sommato, c'intrigano proprio per questo motivo. Specchi, telecamere, registratori ecc., ossia tutto ciò che ci cattura esteriormente ai nostri sensi rappresenta in definitiva un po' come gli altri probabilmente ci sentono. Non vi è di certo un grande interesse artistico quando, generalmente in un luogo turistico, si sceglie di posare per farsi eseguire un ritratto da un qualsiasi disegnatore incontrato per caso. Ciò che c'interessa non è il ritratto in se stesso, che il più delle volte finisce dimenticato in fondo ad un cassetto, ma piuttosto comprendere in che modo gli altri ci vedono, ci percepiscono.

E' indubbio che sapere ciò ha la sua importanza dal punto di vista del poter compiere delle azioni nella società, ma bisogna tenere in conto anche che questo rimane solo come gli altri ci vedono, ci percepiscono, e non va considerato per ciò che siamo. La distinzione è piuttosto importante, se non si vuol rimanere vittima dell'immaginazione altrui. In effetti non bisogna dimenticare che gli altri ci valutano sempre in base all'idea che hanno di loro stessi, proprio nello stesso modo in cui noi valutiamo loro. E quando valutiamo lo facciamo sulla base di ciò che una persona fa, dice ecc., e mai di ciò che si è, nel senso dell'idea che quella persona ha di sé, anzi, questo aspetto tendiamo sempre a considerarlo nello spirito competitivo come incongruente, sia per eccesso: "cosa si crede d'essere", o per insufficienza, "è proprio un incapace".

Invece è proprio quest'idea che funge da chiave di volta delle azioni umane. E' l'idea che abbiamo di noi stessi a condurre principalmente la nostra azione nel mondo. E come si forma quest'idea appartiene ad un modo che rimane piuttosto costante per tutto l'arco della nostra esistenza, il quale continuerà dunque a produrre, seppur in un modo difficilmente prevedibile, il nostro senso.

L'idea che abbiamo di noi stessi non può dunque definirsi una volta per tutte, nel senso di una definizione anagrafica, ma piuttosto è essa la comprensione della nostra anima, ossia di ciò che ci anima: la causa del nostro agire. E questa causa, seppur a volte possa persino contrastare con la sopravvivenza, non è mai un male. L'idea che ci anima, ponendosi prima d'ogni qualsiasi giudizio, ossia al di fuori dunque del pregiudizio, seppur possa produrre degli effetti nefasti non è mai un male per l'individuo. In essa confluisce il nostro modo di percepire, il nostro sistema nervoso, la nostra naturalità. Questo può certo anche causarci dei problemi di convivenza sociale, ma in ogni caso coincidendo con noi non può mai e in nessun caso essere considerato come innaturale, ossia l'unico campo ove appunto possono nascere i veri problemi. Ed è su questa naturalità, la quale si pone prima d'ogni giudizio di valore, che s'instaura la differenziazione assoluta, ossia l'unicità propria di ogni individuo, ciò che egli possiede peculiarmente, e che lo distingue da subito, appena nato, da tutti gli altri. Non ancora formato da un concetto culturale unificante, ogni modo di percepire è dunque nella sua naturalità, nel suo germe, già unico. Ed è proprio su ciò che si fonda la possibilità d'originalità dell'azione. E' difatti il nostro corpo che può formare il carattere individuale delle nostre idee, non la cultura. Questa può accogliere le idee offrendogli la possibilità di possedere un significato riconoscibile, avvolgerle di linguaggio per esempio, ma non può in ogni caso formarne il loro nucleo, il quale si può originare solo in una dimensione sensibile, nella quale la sensibilità individuale funge da ciò che principalmente genera.

In effetti quando veniamo a conoscenza di qualcosa lo facciamo principalmente sulla base di ciò che immaginiamo di essere. Difatti se per esempio dovessimo assistere ad una lezione universitaria, e seppur il docente esponesse i suoi argomenti in un'unica prospettiva, è probabile però che potremmo constatare che la sua esposizione venga accolta in modi diversi; potremmo persino ipotizzare, e con un buon grado di certezza, tanti quante sono le persone presenti a quella lezione.

Se per l'appunto terminata la lezione dovessimo interrogare uno per uno gli uditori della lezione, probabilmente anche se avessimo delle risposte coerenti con quanto è stato detto, basate più che altro sul carattere mnemonico, ci troveremmo però anche di fronte ad una varietà di modi d'interpretare quanto il docente ha detto realmente. Se dovessimo chiedere cosa le singole persone hanno compreso da quella lezione, e le invitassimo ad esprimere la loro opinione personale, è molto probabile che qualcuno metterebbe in evidenza delle cose, altri, altre. Questa diversità che siamo abituati a considerare come frutto d'interessi diversi, si forma principalmente sull'idea che si ha di sé, la quale perciò è sempre anche personale, e diversa da quella altrui.

E' proprio perché ognuno ha una propria idea di sé, diversa da quella che ha qualcun altro, che si può quindi anche avere opinioni diverse dagli altri. Pertanto, quello che si riporterà come propria opinione in riguardo a quella lezione sarà anche nei termini effettivi diverso da quanto il docente avrà detto realmente. E quando si parla di termini diversi non si può che parlare anche di un modo diverso, e questo, seppur possa sembrarci solo un'apparenza esteriore, invece non risulta estraneo a quella sostanza che viene appunto nell'apparenza formata, in quanto con essa, la sostanza, in realtà intratteniamo un legame molto più stretto che non sia per la semplice apparenza delle cose.

L'idea che si ha di sé possiede quindi la capacità di moltiplicare piuttosto che ripetere, proprio perché essa si fonda sul divenire della percezione, che è appunto un processo fondato nell'esperienza.

Il corpo, va però anche detto, non coincide con l'eternità del suo concetto, non coincide con l'eternità dell'essere: non è dunque un'entità stabile. La percezione avendo nel corpo il luogo in cui operano i sensi, è dunque anch'essa instabile ed, essendo legata al corpo, subisce anch'essa le sue medesime trasformazioni: si forma, cresce, invecchia... Ma un altro fattore si trova ad incidere sulla percezione, esso è il fatto che ogni conoscenza, quando ci giunge, modifica la percezione stessa. La percezione dunque si trasforma, non solo perché il corpo muta, ma anche perché l'uomo è esposto alla conoscenza, e quando questa arriva: nulla può più essere come prima, dato che quando sarà giunta la conoscenza non si potrà che possedere appunto un altro stato di coscienza.

Ogni uomo, a secondo della sua disponibilità a conoscere, si espone in modo diverso ed irreversibile a delle nuove comprensioni che ridefiniscono anche l'idea che ha di sé. La conoscenza del resto è legata indissolubilmente al nostro modo di percepire, di conseguenza, se questo muta, muta anche il nostro modo di comprendere, in definitiva cambia anche l'idea che abbiamo di noi, la quale è anche causa principale di ciò che facciamo e diciamo. Inoltre si deve rimarcare che in questo processo vi è una sorta di reciprocità, in quanto le azioni da noi compiute mostrano anch'esse qualcosa che ci appartiene.

Queste nel momento in cui si manifestano, stabilendosi nella circolarità speculare della coscienza, divengono anch'esse un elemento della comprensione, la quale, nel momento in cui si attua, amplia i confini della capacità stessa di comprendere, incidendo così e in definitiva su quella che è la nostra idea, l'idea che abbiamo di noi.

Quest'idea è perciò soggetta in continuazione a delle modificazioni, e ciò non avviene semplicemente come effetto di una necessità biologica o di un condizionamento sociale, ma può mutare persino ogni qual volta noi la prendiamo in considerazione. Anche il riflettere su noi stessi possiede dunque la capacità di mutare quest'idea. Va però anche detto che, nonostante tutte queste possibilità di trasformazione, l'idea che abbiamo di noi, seppur in grado di mutare in continuazione, non modifica mai la nostra sostanza. Questa in effetti non cambia, né con il passare del tempo, né attraverso tutte le trasformazioni generate dal trascorrere della vita. Nonostante il passare del tempo e il divenire della vita difatti noi rimaniamo sempre quello che siamo, dalla nascita alla morte. Noi siamo, nonostante il mutare fisiologico del nostro corpo e delle nostre facoltà, sempre i medesimi. E' in questo senso sostanziale che noi siamo e rimaniamo dunque sempre nella dimensione costruttiva del nostro senso.

Ma se ci poniamo la questione di chi siamo, allora questa questione, ogni volta che ce la poniamo, non può che interpellare il sentimento che abbiamo di noi, e questo si trova nel costante divenire del nostro essere, il quale è in rapporto diretto con l'esistente, dunque nel costante corso del tempo e delle modificazioni.

Potremmo anche dire che l'idea rimane sempre medesima e coincidente con la nostra sostanza solo e affinché non ci poniamo il problema del nostro senso. Quando questo si pone, constatiamo che qualsiasi definizione non è più sufficiente a definirci, non può più essere in alcun modo esaustiva, in quanto noi, attraverso questa domanda, apprendiamo immediatamente di non essere solo una sostanza, di non essere solo ciò che siamo, ma d'essere piuttosto anche quello che *potremmo essere*.

Questa potenzialità che si accompagna a noi è ciò che ci chiede costantemente di vivere. La conclusione oggettiva del nostro essere, seppur necessaria a considerarci parte del mondo, non è dunque sufficiente a qualificare il carattere del nostro esistere. E' in questo senso che nel momento in cui noi iniziamo a farci un'idea di ciò che siamo, noi comprendiamo anche che questa idea non è affatto sufficiente a farci capire ciò che siamo realmente. Quando iniziamo a comprendere qualche cosa di noi, comprendiamo in effetti che noi siamo anche qualche cosa d'altro di ciò che abbiamo compreso. Questa impossibilità di concludere la nostra comprensione è dovuta al fatto che ciò che siamo è anche ciò che potremmo essere, e non appunto solo ciò che siamo stati.

Questo carattere potenziale appartiene al nostro essere nello stesso modo che gli appartiene la sostanzialità. Inoltre la potenzialità non è aggiungibile all'essere a posteriori, come si potrebbero aggiungere delle cose o dei numeri in un'operazione algebrica, perché essa, seppur non possegga mai compiutamente il suo fenomeno, partecipa già da sempre alla nostra esistenza.

Il legame che intratteniamo con le nostre potenzialità è ciò che è indispensabile a far sì che sia possibile che qualcosa venga creato. L'idea che abbiamo di noi è quindi quella che ci chiede l'oltrepassamento dell'oggettività. Essa non coincide con le nostre caratteristiche fisiche, ma bensì trova la propria espressione concreta nell'azione. L'idea che abbiamo di noi è dunque in definitiva l'istantanea di ciò che noi siamo in grado di fare in un determinato momento, la nostra capacità d'agire, interagire. L'idea che abbiamo di noi è l'immagine del nostro potere di determinazione sul mondo, della nostra capacità di relazionarci con esso. Ma bisogna anche dire che affinché questa capacità possa continuare ad esserci, deve costantemente venir messa in discussione, costantemente essere messa alla prova.

L'immagine che corrisponde alla nostra idea non è dunque nemmeno mai fissa, come fosse ad esempio una fotografia, in quanto essa non può mai essere acquisita, né una volta per sempre, né come somma di tutte le volte che noi l'abbiamo già fissata nella nostra memoria. Essa difatti non può garantirci l'avvenire come fosse una sorta di credito che abbiamo maturato in precedenza. Quest'idea non è impressa in nessun luogo, essa è composta piuttosto dal senso costante delle sue modificazioni. Si registra in noi come tendenza, non come carattere, come sensazione, non come cosa. Ciò fa sì che il suo spessore non gli sia offerto dalla memoria oggettività dei fatti successi, ma da quella soggettività delle situazioni vissute, le quali, come incorporee esperienze di modificazione si mescolano e rimescolano nella composizione del senso individuale che può far maturare la nostra saggezza. Quest'ultima però non insegna nulla all'idea, essa non si formula come conoscenza ma come disponibilità, ossia ciò che permette all'idea di continuare a disporsi ai mutamenti, di continuare a porsi nello stato della possibilità, in quello stato indefinito che è appunto prerogativa d'ogni superamento.

L'idea è tale proprio perché immette nel fare. Essa non è una semplice conoscenza intellettuale, come può essere ad esempio un concetto, ma bensì qualche cosa che muove oltre, verso un orizzonte, verso *un più*. Essa non comprende quindi solo i suoi termini, proprio perché si pone per valicarli. L'idea che possiamo avere di noi è quindi ciò che aggiorna costantemente il nostro modo d'intenderci. Intenta a sottrarre spazio alla definizione conclusiva, essa domanda costantemente la ridefinizione. Il suo operato avviene dunque sulla definizione, non sul nulla, e seppur in modo virtuale, ossia con il carattere della potenzialità, essa rimane comunque ancorata alla concretezza della nostra realtà effettiva.

La virtualità dell'idea è un riflesso della realtà, non la sua falsità, è ciò che la realtà è, non nel suo stato di fatto, ma nella sua possibilità. Quest'idea che possiamo avere di noi è quindi ciò che ci fa fare qualcosa che oltrepassi la nostra conclusione, che può oltrepassare l'esclusiva verità oggettiva di noi stessi, per proporci un altro tipo di verità: la potenzialità soggettiva del nostro essere.

La nostra parte

L'essere attore è l'esercizio di un ruolo. Comprendere come si diviene attori può apparirci interessante per comprendere come si riveste generalmente un ruolo nella società. Si ritiene per lo più che quando si assuma un ruolo si assuma anche in sé qualche cosa che è estraneo alla nostra personalità. Quando si esercita un ruolo difatti ciò che sembra avvenire pare il frutto dell'aver acquisito una sorta di ragione che ci è appunto estranea. Adottando un ruolo si tende dunque ad accogliere un'idea di noi che però non è la nostra, in questo senso ci si sveste della nostra umanità, in un certo senso ci si disumanizza, dato che non si agisce più secondo ciò che riteniamo giusto ma piuttosto secondo ciò che conviene a quell'idea che abbiamo accolto in noi comprendendola ed interiorizzandola.

Ciononostante l'attore di successo non è mai solo colui che interpreta una parte dimostrando che la sta interpretando. L'attore di successo è colui che interpreta un ruolo, in modo talmente magistrale, che non ci si accorge per nulla che sta appunto interpretando una parte. L'attore ci piace soprattutto quando cogliamo che è sempre lui seppur agisca diversamente dal suo modo abituale d'agire. L'attore di successo non si modifica in base al ruolo che interpreta, ma piuttosto adatta questo al proprio criterio di verità e giustizia. Adatta le azioni alla propria idea, all'idea di sé, e non assume l'idea di ciò che interpreta come causa delle azioni che mette in atto. E' solo in questo modo che può rimanere credibile, ossia non offrire di sé un'immagine dissociata da ciò che in effetti è.

E' chiaro che per compiere questa operazione ci deve essere una vera e propria comprensione del ruolo che si deve svolgere. Quando dico comprensione non sto affatto parlando di conoscenza delle caratteristiche del ruolo, o comunque non solo, proprio perché la conoscenza non è ancora un atto di partecipazione a ciò che si conosce. Comprendere, invece, implica che l'oggetto conosciuto sia entrato in un rapporto attivo con noi; vuol dire che ci si è posti delle domande sulle ragioni del ruolo che si dovrà interpretare, valutando anche il fatto che queste medesime ragioni non siano in contraddizione con la nostra idea di mondo.

Comprendere il ruolo vuol dunque dire averlo sviluppato, non solo nella sua apparenza, ma nelle connessioni di senso, ossia nelle implicazioni che vi sono tra il suo esercizio e il suo effetto, ossia le conseguenze dal punto di vista delle possibilità a cui una certa interpretazione va incontro. Per esempio: la comprensione di quali possibilità offre all'esperienza della vita, quali ambiti di senso può permettere di percorrere, in definitiva il suo potere creativo, la valutazione del suo grado di novità.

Limitarsi ad una valutazione del ruolo nei termini di quale beneficio può portare o meno, rischia che l'esercizio del pregiudizio prenda il sopravvento, classificando le possibilità dell'esistente esclusivamente all'interno di un'opposizione, quella tra bene e male. Va qui ricordato che questo tipo d'opposizione, seppur possa apparire utile nel facilitare l'atto del scegliere, rimane sempre ed in ogni caso una semplificazione. Una semplificazione che lascia nei margini tutti quegli elementi che invece permettono la comprensione, la verità fenomenologica di qualcosa. Attraverso la valutazione tramite i criteri di bene o male, possiamo certamente esercitare un giudizio, possiamo fondare una scelta, ma una scelta che ha trascurato la comprensione si tramuta facilmente anche in una scelta pregiudiziale; ed è proprio con questo modo di scegliere che si diviene facilmente esecutori di un ruolo piuttosto che interpreti, si diviene facilmente strumenti usati piuttosto che attori che *s'impiegano per*. Il bene e il male, considerato come criterio di giudizio morale, serve in genere a creare una sorta di campo di battaglia, ove un nemico può essere affrontato, piuttosto che a generare un luogo dove la condivisione e la comprensione possano permettere lo sviluppo di prerogative comuni.

Attraverso quell'opposizione l'esperienza della vita non viene accolta, ma negata. Ciò che sta a cuore all'opposizione morale retta da bene e male, è l'annullamento della ricchezza dell'esperienza individuale, e si alimenta di una sete che assomiglia più a quella del delirio d'onnipotenza che vuol sconfiggere il divenire attraverso la fissazione conclusiva del proprio essere, con l'esito nefasto di mettere irrimediabilmente a rischio la possibilità di costruzione di un vero significato dell'esistente.

Difatti che ci sia qualcuno che possa vincere implica che ci sia da qualche altra parte qualcun altro che possa perdere, implica che ci sia qualcuno o qualcosa che domini qualcuno o qualcos'altro. In questo modo non è l'esperienza della vita al centro dell'interesse, la quale non è una cosa della quale se ne può semplicemente divenire proprietari, e che non può quindi appartenere esclusivamente né agli uni né agli altri, ma la dominazione stessa, ossia è l'esercizio del potere di determinazione sul mondo che vuole affermarsi, e ciò, dal punto di vista sia esistenziale che metafisico, è uno dei più grandi sprechi di tempo a cui l'uomo possa effettivamente andare incontro.

Che sulla terra si viva in sei miliardi di persone ma che chi decide le azioni dell'umanità siano solo poche migliaia, è un grande spreco delle reali possibilità umane. Del resto i sistemi sociali non richiedono generalmente mai originalità, non chiedono mai immaginazione, ma solo funzionamento, ossia un esercizio funzionale a quella regola esplicita o implicita che un apparato gerarchico, ossia di governo su altri, ha stabilito. Una regola che, con la finalità apparente d'essere un servizio universale per l'uomo, in realtà si serve degli uomini per poter continuare semplicemente ad esercitare il proprio potere di determinazione sul mondo, ossia a creare dipendenza, a far sì che delle persone non coincidano con la loro idea, ma con un'idea che gli è estranea. Ci si serve qui dell'uomo reale, dell'uomo effettivo ed esistente, con l'alibi di servirne uno universale che nessuno ha però mai avuto il piacere di conoscere, che dunque effettivamente non esiste, quando ciò che si vuole servita è piuttosto l'idea dei pochi sui molti.

A parte alcuni e limitati campi culturali e sociali che per preservare la loro integrità metafisica cercano ancora e a fatica d'accreditare il successo di qualcuno solo *post mortem*, il fatto che una persona abbia successo in vita si presta generalmente al sospetto. Ciò è dovuto al fatto che la gloria di qualcuno non viene considerata come un atto di emancipazione per tutti, ma piuttosto, grazie alla notorietà che produce, uno dei modi principali per quel qualcuno di accedere al potere. Il successo, nella logica della contrapposizione del bene e del male, appare dunque sempre più ad una vittoria personale che dell'umanità, dove vi sono appunto dei vinti, i falliti, o comunque anche solo tutti coloro che semplicemente non hanno avuto successo, e i vincitori, che invece il successo l'hanno appunto ottenuto. In questo senso esso è perciò eguagliato a quella notorietà personale che deriva dall'aver "fatto fortuna", e dove la riuscita è stata sancita da un'adeguata accumulazione di beni, ossia nient'altro che un'accumulazione di reale potere di determinazione sul mondo. Questo tipo di potere è pertanto ciò che permette d'intraprendere anche la scalata delle posizioni gerarchiche nella società. Senza questa notorietà, senza questo tipo di gloria, anche il potere di decidere sugli altri rimarrebbe sostanzialmente precluso. Un fallito difatti non decide più per nessuno, a malapena lo potrà forse fare ancora per sé.

Oggi giorno essere conosciuti è del resto sufficiente ad ottenere un seggio parlamentare. Essere conosciuti sta al posto del fatto che si sia ciò che serve al mondo. Essere riusciti a farsi conoscere è ritenuto come il suggello del possedere anche le capacità personali adeguate all'attività di governo sugli altri. Di fatto il grosso tallone d'Achille della democrazia è proprio la questione dell'accesso ai canali della notorietà. Come in una qualsiasi operazione pubblicitaria in cui è sufficiente rendere familiare un prodotto affinché questo venga acquistato, così per colui o coloro che governeranno altre persone è sufficiente essere conosciuti, per farlo. Ma essere conosciuti, seppur possa portare ad un certo successo personale, non per forza porterà anche ad un successo metafisico. In effetti per quest'ultimo sono più importanti le intenzioni che la notorietà. Questo perché sono solo le intenzioni che sanno concepire un dopo. Aver vinto un'elezione può certamente essere considerato un successo; quella vittoria pone effettivamente un vincolo sul futuro, ciononostante la vittoria in se stessa non è però sufficiente a far sì che quel successo possegga anche la legittimità d'appartenere alla costruzione del destino comune.

La mancanza d'intenzioni metafisiche nella concezione di chi ambisce ai diversi gradi di governo, è quanto fa sì che il potere sia conquistato a scopi personali, piuttosto che nel senso più ampio del *Genere*. Raggiungere i livelli del potere sovrapersonale è più funzionale ad una sorta di rinforzo dell'idea di sé, dal punto di vista dell'onnipotenza personale, piuttosto che al compimento di una partecipazione attiva al senso comune del vivere. In questo senso è piuttosto il suggello di un percorso della costruzione dell'idea di sé opposta a quella degli altri, ritenuti generalmente come coloro che possono essere sconfitti, dunque meno meritevoli, ad affermarsi. Da ciò il registro del bene e del male per permettere l'elargizione o meno di quei privilegi che definiscono, oltre che un diversificato accesso ai beni che formano la qualità di vita dei singoli, anche una connotazione simbolica che possa identificare in modo chiaro i dominati, i semplici cittadini, dai dominanti, coloro che siedono nei vari governi, politici, amministrativi, finanziari... Evocando l'insondabilità delle intenzioni metafisiche, proprio perché la verità rimane in ogni caso un criterio sempre soggettivo, ossia si può dimostrare solo nella forma dell'onestà, agire per "il mio bene" viene evocato come l'unico criterio possibile per poter agire anche al fine del bene comune. Un'ulteriore semplificazione viene quindi a prodursi, assieme ad un reale tradimento dell'impegno di portare alla luce, seppur nelle ovvie difficoltà, le verità destinali dell'uomo.

L'attore della vita

L'uomo è pertanto attore, non lo fa solo, è attore quando mette in atto qualche cosa che abbia un fine, ossia che sia posto in un tempo necessariamente posteriore all'aver messo in atto. La concentrazione sul fine dell'atto è ciò che di quello potrà succedere. Questa concentrazione è l'attenzione al successo dell'atto. L'attenzione che l'atto sia posto in una prospettiva, coinvolge colui che lo pone, tant'è che questi sarà portato, per mantenersi in quella direzione che l'atto di successo richiede, a identificarsi con ciò che fa. Ma questo identificarsi con ciò che si fa non è principalmente coincidere con un'azione, ma piuttosto coincidere con il pensiero che la motiva, e coincidere con quel pensiero è sostanzialmente crederci. Credere al valore di quell'azione che è stata posta in atto, credere nella sua importanza, al valore del suo fine. Questo crederci è dunque sentirsi coinvolti in un pensiero che vede nell'azione la determinante che permette alla vita d'avere senso. Questo crederci è dunque l'atto sostanziale che permette di poter offrire senso al vivere.

Proprio perché la vita non è nulla in se stessa, essa richiede d'essere vissuta, compiuta attraverso degli atti. Questi sono atti di vita, non semplici movimenti. Quando è il germe dell'esistenza a motivare l'azione, quando è esso il nucleo centrale di quel porsi in atto, e quest'ultimo non è solo il frutto di una condizione ambientale, allora è la vita stessa che è in atto.

Ma l'azione partecipa al pensiero solo se vi è la convinzione che essa si costituisce per un successo, se il suo fine è posto come trascendente all'azione stessa. Ciò perché non si agisce mai per nulla, ma perché un fine sia raggiunto. L'uomo diviene la sua azione perché in se stesso non è nulla. E' solo tramite l'azione che egli può partecipare al suo senso, in quanto l'azione opera in lui e lo modifica. Essa ponendosi come movimento indirizzato ad un fine permette alla vita di muoversi verso una meta, di strutturarsi per quella, facendo sì che questo muoversi non sia solo un trasferimento passivo, ma piuttosto una vera e proprio mutazione partecipata, nella quale la vita, attraverso il suo incessante modificarsi, s'imprime di sensatezza.

L'attore è dunque colui che realizza con il suo agire il significato del suo essere. Il suo essere non è perciò esterno alla sua azione, ma coincide con questa, e il suo successo ne dipende. La sua azione non è però una semplice messa in atto di un'intenzione occasionale e funzionale ad una determinata situazione, ma è inserita nel senso complessivo del genere umano. L'uomo attore è dunque principalmente un attivatore del suo senso all'interno del genere; egli perdendo il suo isolamento insensato può prodursi nel suo atto, bandendo l'assolutizzazione *cosale* del suo essere può relativizzarsi al fine della sua azione: l'unico modo per poter essere un vero soggetto. In questo modo è vero: perde se stesso, ma ciò che guadagna è il suo riflesso, ossia ciò che apparendo in tutto ciò che fa, gli permette di vedersi, di conoscersi.

Per l'attore dunque quel se stesso distinto da tutti gli altri se stessi non sarà altro che uno dei tanti personaggi ai quali potrà dar vita assieme a loro. Egli non essendo più vittima della definizione che lo fa essere concluso in una sostanza, può essere l'energia dell'atto che permane continuamente nella sua possibilità d'essere altro. L'uomo attore non si produce dunque in una vita cronologica, perché come totalità delle sue possibilità il suo tempo non si scandisce in momenti, ma nelle comparizioni del suo manifestarsi. Egli non interpreta dunque gli altri attraverso se stesso ma, attraverso la sua vita e quella degli altri, rende comprensibile la vita. La sua operazione mimetica non è di mostrarsi come il se stesso di qualcun altro, ma piuttosto di mostrare le possibilità della vita nelle sue infinite apparenze, mostrare la sua vita e quella degli altri in un atto che appartiene al genere, all'atto di generare, di creare assieme.

E' nell'apparizione dell'esistente che qualche cosa viene alla luce e diviene comprensibile. L'attore non vive dunque altre vite, ma le porta alla luce attraverso la sua, le mostra nelle loro possibilità d'essere tramite la sua vita, delle *possibilità d'essere*. E' tramite questa interazione che porta alla luce le molteplici possibilità della vita che l'atto dell'attore può divenire profetico, divenire l'atto che determinerà quanto potrà succedere, l'atto che succederà, che potrà avere successo.

Egli aprendo le porte dell'esistenza al fenomeno offre a quello la possibilità di divenire altro dal suo se stesso, gli offre sostanzialmente la possibilità d'emergere nel senso della vita.

L'artista della vita

Ciò che per l'attore è il personaggio, per l'artista è l'opera d'arte. Vi è un'evidente similitudine tra le due attività. Lo stesso rapporto intimo che passa tra l'uomo attore ed i suoi personaggi, avviene tra l'uomo artista e la sua opera d'arte. Egli, proprio come l'attore, non è artista solo perché esercita una funzione che possiede quel nome, ma è artista perché agisce in un certo modo: artistico appunto. Il suo essere non è dunque come per l'attore distinto dalla sua azione. Egli inoltre come artista non può agire per conto di qualcun'altro. Egli può agire solo per sé, ossia per l'uomo che è in lui, per il genere che è in lui, e lo può fare attraverso il senso della sua opera.

L'interscambio tra opera ed artista s'evidenzia per il fatto che l'opera d'arte è una composizione di segni. Essa nella sua materia non è altro che natura, ma ciò che la rende opera non è la natura, bensì l'apparenza dei segni che essa conserva. L'opera d'arte è principalmente memoria di gesti. Essa, attraverso l'istoriazione della sua materia, espone quelli. Come l'attore opera nel suo personaggio, l'artista opera nella materia della sua opera. Questo contatto è fondamentale affinché possa nascere qualche cosa d'altro che non sia solo una semplice cosa.

La materia possiede le sue leggi, il conoscerle sono la base della maestria dell'artista, ma conoscere le leggi della materia non è sufficiente alla realizzazione di un'opera d'arte. L'artista deve quindi essere anche in grado, ad un certo punto del processo di realizzazione della sua opera, di saperle dimenticare. E' in questa dimenticanza che può avverarsi quello scarto dalla determinazione causale e prendere spazio l'atto geniale. Quest'atto nasce nell'imprevedibile, da quella disattenzione che appunto disattende qualsiasi aspettativa. Esso è quell'atto che, seppur conoscendo, preferisce ignorare. L'artista che fa ciò è consapevole che è solo attraverso il fastidio di qualche cosa che non appartiene al suo equilibrio che qualcosa di nuovo può installarsi. L'artista, nell'atto creativo, si apre perciò ad accettare il senso dell'insoddisfazione che l'atto creativo gli produce, si apre ad accogliere uno sconvolgimento. L'atto geniale è perciò un atto di stordimento, di disorientamento, è l'atto della rinuncia ad esercitare la maestria, è la rinuncia del fatto che l'opera riesca, il sacrificio della sua riuscita nell'esclusività dell'idea dell'artista.

Attraverso quella rinuncia si distoglie l'opera dalla probabile approvazione immediata, scommettendo piuttosto sul *suo* successo. Non c'è comunque nessuna garanzia che l'atto geniale porterà al successo dell'opera, ma se ciò avverrà, allora si potrà essere certi che quella non sarà stata solo un'opera riuscita, ovvero qualche cosa atto a soddisfare i bisogni di qualcuno, ma sarà piuttosto stata in grado di aprire lo sguardo al di là di ciò che la maestria poteva nei suoi limiti razionali prevedere: la comprensione di ciò che fino ad allora non si sapeva ancora.

Va però anche detto che l'atto geniale non nasce avulso dalla maestria. Questa è necessaria affinché il rapporto dell'artista con la materia dimori nel luogo dell'arte. La maestria dell'artista diviene quindi in questo caso anche la capacità d'accogliere il sorprendente. Ma esso, per essere accolto, deve essere riconosciuto, e ciò avviene solo attraverso la conoscenza di ciò che non è appunto sorprendente. E' in questa conoscenza che s'installa appunto l'esperienza conoscitiva dell'artista. Senza questa capacità di differenziazione, la genialità dell'atto artistico non potrebbe istituirsi.

D'altro lato l'imprevedibile può prendere spazio nella materia se a questa gli si permette di mantenersi nel suo *status* caotico. L'imprevedibilità del gesto geniale ha come corrispettivo, nel mondo naturale della materia, la sua essenzialità caotica. L'essenza di una sostanza giace al di sotto del suo carattere prevedibile. Essa nel suo essere, dimora in quello stato. Far sì che essa non si organizzi esclusivamente nel pensiero dell'uomo vuol dire permettere alla naturalità della materia d'entrare in contatto con il pensiero in una forma che è la sua, che non è dunque determinata aprioristicamente dal concetto. Accettare questo stato primordiale della materia è riconoscere d'essere dunque noi stessi materia, ossia accettare sostanzialmente d'essere qualcosa che fondamentalmente ci è estraneo, che è estraneo dunque all'idea che abbiamo di noi. Ciò soprattutto per far in modo che questo qualcosa possa entrare in un rapporto vero con noi, ovvero ancor prima che gli si frapponga la nostra idea.

L'estraneità è perciò una visione di noi stessi primordiale, la quale ci può permettere d'attenderci ed accoglierci nella nostra verità. Nel percepire il mistero della nostra materia, senza concluderlo in nessun tipo di definizione aprioristica, si dimostra la capacità dell'artista di entrare in un rapporto creativo con la materia.

Il rapporto creativo che l'artista ha con la materia, non è quindi per nulla isolato dal rapporto che l'uomo ha anche con sé. Con il considerarsi *in primis* al di fuori delle proprie funzioni, l'uomo e l'artista divengono in grado di considerare la materia alla stessa stregua, di andare oltre alla sua esclusiva potenzialità d'utilizzo. Nel rapporto dell'artista con la materia vi è perciò il tentativo di comprendere le cose nella loro sensibilità, nel sentimento che sanno evocare, ossia di accoglierle prima che esse divengano semplicemente dei mezzi d'espressione.

L'artista che osserva la sua mano non la considera come un mezzo per prendere le cose, ma la percepisce nella sua estraneità, nelle sue rughe, nella materialità plastica delle unghie, nei suoi rigonfiamenti, nelle vene che si dipartono bizzarramente. La mano non è per un artista un organo, ma bensì una sorpresa. Essa non gli appartiene, nonostante faccia parte del suo corpo. E' in questa estraneità che egli può entrare in un rapporto con la sua mano e non essere solo colui che la impiega. L'artista non studia le funzioni della sua mano come nemmeno della mano in generale. Egli la considera nelle sue possibilità d'essere qualche cosa che interpella il mistero dell'esistenza. E' in ciò che la sua mano, il suo gesto, potrà sorprenderlo. E' in ciò che essa diviene il riflesso dell'esistente, ed è attraverso una mano di questo tipo che l'uomo può partecipare alla complessità della materia, alla complessità di ciò che esiste. Egli è in questo modo che perde la propria idea di sé, che smarrisce quello sguardo che lo confina alla perenne solitudine di dover nascere e morire nella completa estraneità di ciò che invece gli appartiene; che gli appartiene proprio perché lo comprende, che comprende anche lui.

L'oblio della realtà è la premessa del sogno. Se la realtà è costituita come complesso di ciò che possiamo ricordarci, il dimenticare si costituisce come la premessa di una ricomposizione dei significati. Nel dimenticare la realtà, si dimenticano tutte le funzioni e gli esiti del nostro rapporto effettivo con le cose. Sapere che il bicchiere cadendo finirà per rompersi, fa parte della realtà. Non ricordarlo implica invece che, cadendo, il bicchiere darà vita a un fenomeno visuale e sonoro che non è ancora stato assunto nel concetto di realtà, ovvero che non sarà prontamente interpretato nella sua struttura reale d'essere un bicchiere inservibile: dei cocci di bicchiere.

La struttura fenomenologia dell'intuizione prende avvio nella dimenticanza della realtà. Nell'intuizione l'avvenimento di genio che si compie è il passaggio dall'ordine della funzione a quella del significato. La materia che interpella la genialità è perciò una materia da sogno, proprio perché essa non sottostà alla regolarità delle funzioni mnemoniche, ma rompe il ciclo del prevedibile per costituirsi com'elemento in grado di comunicare. La materia sognante, allo stesso tempo in cui si distacca dalla funzionalità, si umanizza nel suo dire.

L'artista che entra in rapporto con questo tipo di materia accetta che essa si appropri della sua immaginazione; e questo non perché la materia gli restituisca un'altra realtà, ma piuttosto perché possa coltivargli quella, possa coltivargli l'immaginazione. Egli non utilizza dunque la materia, ma si affida ad essa affinché la sua idea non rimanga una semplice fantasia.

L'opera non è solo una fantasmagoria, perché ha, nella sua concretezza, il potere della verità. La materia ha questo pregio, ma a patto di non renderla solo umana. Più la materia viene piegata in funzione all'idea dell'uomo, e più rischia di assoggettarsi ad una funzione, perdendo così la sua capacità strutturale di catturare e trasformare in realtà il sogno. Rinchiudendo la materia in una funzione essa non diviene più in grado d'evocare nulla, essa servirà solo a qualcosa, e non sarà più in grado d'esercitarsi nell'incertezza della fantasmagoria e dei suoi significati.

L'atto di genio non è pertanto un capriccio. Esso implica la maturità dell'approccio e della contrattazione. In esso il semplice rispondere ad una domanda deve lasciare il posto all'ascolto, ovvero alla comprensione di tutte quelle esigenze che sapranno riformulare l'ordine della realtà in nuove direttive di significato.

L'artista deve essere dunque in grado d'accogliere la materia dimenticando se stesso. Egli deve divenire in grado di ragionare secondo le esigenze proprie della creazione. Un artista che dimentica se stesso per entrare in rapporto con la materia è colui che alla fine può ritrovarsi nella sua opera. Il passaggio alla creazione si delinea dunque come una trasformazione, che permette all'uomo di dimenticarsi di quel se stesso che lo isola in una differenza assoluta; questa è una dimenticanza necessaria per potersi costituire in quell'identità congiunta tra sé e la sua azione che prende forma nell'opera. L'opera è in questa congiunzione che diviene ed acquisisce tutta la sua importanza, questo perché per l'uomo essa non è più né sola materia né solo pensiero, ma piuttosto il cristallo lucente di quella significazione che appare nel suo rapporto con l'esistente come l'apparizione dell'essenza.

Essa è dunque uomo senza uomo, ed è proprio per questo che l'opera può appunto essere più uomo dell'uomo stesso. Essa non è più uomo naturale, ma incorpora nella sua concretezza anche l'idea dell'uomo. Ed è in questo senso, in questa congiunzione con l'idea, in questo divenire materia dell'idea che acquisisce anche la sua immortalità.

Se l'uomo naturale muore, l'opera come idea è iperuranica. Essa è il significato dell'uomo che è stato sorpreso nel sogno della materia. La materia è dunque nella estraneità a se stessa che può partecipare con l'uomo alla verità complessiva ed eterna dell'idea.

Che cosa è la materia?

E' la voce di un oratore
la melodia di un musicista
è un figlio per una madre
il punto messo a segno da un giocatore
materia è: tutto ciò che non è,
se stesso!

La materia è tutto ciò che rende possibile un atto. E' tutto ciò che può entrare in relazione con l'uomo per produrre qualcosa. Materia è la mano, è ciò che diviene mano, che viene preso per mano.

La scelta della vita

Ciò che preoccupa ogni uomo consapevole di vivere è la scelta. Quando dorme o quando generalmente è incosciente, egli non ha nessuna necessità di scegliere. La scelta è ciò che lo affligge nel suo stato cosciente perché gli è chiaro che in essa è in gioco il senso della sua vita, ossia il fatto di poter avere un futuro, qualcosa che possa succedere al suo presente, e che quindi l'esperienza della sua vita non ha valore solo per lui, ma anche per gli altri. Egli è cosciente che deve scegliere perché è solo attraverso degli atti deliberati che sarà in grado di trascendere la sua singolarità, d'oltrepassare i limiti del suo se stesso. Ciò per poter succedere realmente, per far sì che la sua vita possa succedere nel suo genere, e non rimanga nell'assurdità di qualche cosa che nasce e muore senza alcun significato.

L'esperienza che l'uomo compie della sua vita è dunque una ricchezza i cui beneficiari principali sono coloro che ancora non la posseggono. Difatti se questa ricchezza non trova il modo d'oltrepassare la singolarità, essa perde il suo valore. Una preoccupazione che assilla il vivente è il fatto che il suo aver vissuto venga, dopo la sua morte, completamente dimenticato. La preoccupazione dell'uomo difatti non è solo quella di poter continuare a vivere, ma che il suo vivere possa anche avere un valore, possa servire ad altri. L'uomo teme costantemente che l'esperienza del suo vivere non serva a nulla che oltrepassi la sua vita, il suo semplice essere stata vissuta. Il sentimento di poter vivere una vita che non serva a nulla è disarmante e, affinché questo sentimento possa essere respinto, ciò che è importante per l'uomo è adottare una condotta, ossia un orientamento ispirato, permettendo d'intraprendere una vita che possa valere la pena d'essere ricordata: una vita esemplare.

Per queste ragioni è importante che questa sia vissuta nella pienezza delle sue possibilità, perché è questo il modo in cui essa acquisisce la pienezza del suo significato.

Un uomo che viene al mondo per vivere, e che poi non lo fa, è un uomo che non ha vissuto, che ha sciupato la sua vita, che non ha posto nel senso del divenire il suo essere. Per vivere nel divenire del suo senso, l'uomo deve però continuare a rimanere cosciente, deve continuare a voler essere cosciente, ossia continuare a confrontarsi con la discriminazione che s'impone nella scelta. In questa discriminazione ciò che è in gioco non è però solo ciò che si sceglie o meno, ciò che è in gioco è la scelta della vita. Ciò che è in gioco è poter offrire o meno senso alla propria vita.

Le scelte di vita per questo si differenziano dalle scelte ordinarie, esse a differenza di quelle non sono mai occasionali, non sono mai dettate dall'opportunità del momento. Le scelte di vita si basano su delle motivazioni profonde, non sono semplici scelte strategiche, ma bensì d'orientamento. E' dunque nel scegliere la vita, e non nel scegliere solo di vivere, che l'uomo diviene cosciente di ciò che è. La vita è proprio in questo averla scelta che può, mostrando il suo volto, essere riscattata dalla sua solitudine, dal suo essere semplicemente un fatto biologico.

Si nasce e si muore biologicamente, questo non lo si sceglie, ma quello che si può invece scegliere è di poter nascere e morire umanamente. Se l'uomo per nascere e morire non deve far nulla, per vivere umanamente, per nascere e morire umanamente, invece lo deve scegliere. La nascita e la morte umana non sono la nascita e la morte biologica, quest'ultima non coincide temporaneamente con quella. Si nasce umanamente solo quando si decide d'impiegare la propria esistenza alla causa dell'uomo, e non solo perché gli si appartiene come specie. Si nasce umanamente solo quando si vuol conferire agli automatismi della vita naturale la dignità d'appartenerci, come esseri umani. L'uomo che nasce umanamente non è semplicemente nelle mani del suo stato biologico, ma al contrario, è colui che lo fa proprio, che gli offre, attraverso la sua idea, un significato. E' in questo modo che egli entra in possesso della sua vita, facendola così divenire qualche cosa che vive per lui; che vive e prende forma nelle sue scelte.

L'immagine che deriva da questo tipo di vita è quindi completamente diversa da quella di una vita dove ogni scelta determini solo una parte del vivere. Che la vita non sia mai considerata nella sua complessità attraverso una scelta che la prenda in considerazione nella sua totalità, fa in modo che essa non possa sostanzialmente avere mai un proprio senso. Se invece è la scelta della vita a determinarne il suo valore, allora questa, la vita, essendo stata scelta piuttosto che subita, potrà divenire vera. La sua verità sarà d'appartenere all'uomo piuttosto che al trascorrere del tempo.

L'arte nell'atto di divenire coscienza della storia

La storia possiede il carattere d'irripetibilità: il valore della storia è proprio questo carattere. Più il tempo passa, e più un determinato oggetto prodotto in un determinato momento acquisisce valore. Se un coccio preistorico è suscettibile di far parte della collezione di un museo, quello contemporaneo finisce generalmente in un luogo per la raccolta dei rifiuti. Ciononostante entrambi possiedono la medesima caratteristica, sono entrambi cocci. Il valore di quello preistorico è dunque senza alcun dubbio maggiore, questo perché le condizioni temporali che l'hanno permesso si sono ormai estinte: non potranno più ripetersi.

Il tempo è perciò all'interno della concezione d'irripetibilità che si sviluppa come storico, e che può così offrire valore alle cose. Esso è in questo concetto che partecipa al trascorrere della storia degli uomini, facendo sì che le condizioni contestuali acquisiscano il carattere dell'unicità. Il tempo nella cognizione della storia non è dunque una meccanica astratta, esso attraverso la storia è in grado d'inglobare il significato della vita, è in grado d'incorporare il senso del fatto che si nasca e si muoia, e che questo avvenimento, seppur nella sua universalità continui ad avvenire, nel suo fenomeno invece, nella sua apparizione effettiva, non lo potrà mai.

Il valore della storia è dato perciò da due condizioni che apparentemente appaiono antitetiche: la ripetizione universale e l'irripetibilità soggettiva. Difatti affinché esista l'unicità è indispensabile che questa continui a ripetersi, ossia serve un concetto che universalmente l'accolga, serve la storia degli uomini che continuano a nascere e a morire. Senza questo confronto con l'universalità non potrebbe sussistere il senso dell'individualità. Ogni oggetto, ogni pensiero, ogni produzione umana è dunque legata in modo indissolubile al fondamento universale e peculiare del divenire. Nel loro affermarsi si determina il carattere storico, ossia il momento peculiare che fa sì che il divenire sia irreversibile, ed è proprio questa irreversibilità che permette alla singolarità di proporsi autenticamente.

E' ovvio che è possibile riprodurre un'esperienza del passato, così com'è possibile riprodurre alla perfezione oggetti di questo, ma ciò che mancherà alla riproduzione sarà sempre la sua autenticità; questo perché l'esperienza è ciò che risulta da fatti singolari compresi nell'universalità della ripetizione, e non esclusivamente a concetti universali. L'autenticità che caratterizza il valore di un singolo uomo non è, seppur determinante per il suo senso com'è appunto quello umano, determinata esclusivamente dalla sua appartenenza o meno ad un genere, ma dalla singolarità che nasce all'interno di quel genere che caratterizza appunto il suo essere; e questo essere non si determina solo nell'appartenere al tempo, ma al *proprio tempo*, non solo al ripetersi indeterminato dell'esistente, ma al momento irripetibile della propria esistenza, al proprio momento in cui si vive, alle proprie condizioni irreversibili.

L'uomo per sua natura non ha alcuna possibilità di sottrarsi al suo tempo, è per questo che non può mai sottrarsi nemmeno alla sua autenticità. Questo coincidere con il proprio tempo è dato dal fatto che non si vive mai in se stessi, ma sempre in un luogo.

Ogni uomo è dunque legato indissolubilmente al luogo in cui vive, ma allo stesso tempo anche il luogo è legato indissolubilmente al suo divenire temporale. Il luogo è perciò sempre uguale a se stesso solo come concetto universale, solo come spazio, perché nella sua realtà effettiva esso è invece sempre soggetto ai mutamenti.

Un luogo non cambia dunque perché il tempo cronologico trascorre, ma perché in quel trascorrere avviene qualcosa. Un luogo muta perché è sottoposto a degli agenti atmosferici, culturali, che lo trasformano incessantemente. Che un luogo sia sottoposto a questi agenti è ciò che lo modifica sempre anche in modo irreversibile. La casualità di questi eventi, seppur a volte scientificamente prevedibili, non sono comunque mai controllabili compiutamente. Essi difatti rispondono sostanzialmente alle leggi insondabili della materia, rispondono all'ignoranza dell'uomo, ed è proprio quest'ignoranza la quale non permettendo mai nemmeno una copia perfetta, fa in modo che ciò che esiste, esista sempre in modo autentico. Ciò che esiste non può dunque che continuare ad esistere come un unico che si differenzia sempre ed incessantemente da una sua eventuale copia.

Di fatto è dunque questa casualità originaria che fa sì che ogni cosa sia ciò che è, proprio perché essendo i processi che la originano non controllabili, l'esito finale rimarrà sempre imprevedibile, sempre sconosciuto, sempre unico.

L'autenticità di una qualsiasi cosa risiede proprio in questo fatto: dimorare sostanzialmente come sconosciuta, ossia essere qualche cosa che non è più possibile ripercorrere nella sua compiutezza, dato che le condizioni che l'hanno generata dimorano sempre ed effettivamente impraticabili.

E' in questo senso che l'esperienza della vita è un valore assoluto. Essa lo è perché ogni vita, nei suoi esiti, è irripetibile. Gli esiti d'ogni vita non possono essere riprodotti, perché la vita avviene in un luogo ed in un tempo specifico, questi, come un processo irripetibile e irreversibile, possono solo, se accolti dall'universalità dell'idea, avere un seguito. Essi possono solo partecipare alla composizione della storia, non comunque essere ciò che permette la storia, che è appunto l'universalità dell'idea.

Più il tempo passa e più dunque le condizioni umane mutano. Più queste mutano e più diviene impossibile riprodurre il contesto storico che ha dato vita ad una determinata produzione umana. Dunque, più il tempo passa, e più una qualsiasi cosa diviene maggiormente irripetibile, e più essa è irripetibile, e più acquisisce il carattere dell'unicità. Va da sé che più essa sarà unica e più sarà anche inaccessibile, cosa quest'ultima che alla fine determinerà il suo valore, tant'è che il coccio preistorico finirà appunto in un museo mentre quello contemporaneo verrà probabilmente gettato.

Tramite un criterio simile nascono anche le finalità artistiche. Qui non sarà però solo il tempo trascorso e l'inaccessibilità a determinare il valore di un'opera, ma anche il grado d'eccezionalità che essa sarà stata in grado di raggiungere. Se ciò che vale è ciò che è raro, allo stesso tempo l'artista cerca un'eccezione. Ed è per questo che egli deve avvalersi di un'idea originale, ossia concentrarsi su qualche cosa che appartiene esclusivamente a lui: la sua sensibilità ad esempio.

Questa ricerca possiede però un carattere paradossale. Per raggiungere l'equilibrio dell'opera l'artista deve misurarsi continuamente con la seguente ambiguità. Essendo la produzione artistica frutto di una ricerca del distinto, essa non può dipanarsi in modo convenzionale. D'altro lato, affinché possa essere comprensibile, deve però avvalersi anche d'elementi riconoscibili, dunque convenzionali. L'artista è perciò sempre confrontato a queste due istanze opposte. Egli deve attraverso degli elementi comuni far emergere l'eccezionalità, l'originalità, della sua ricerca artistica. Nella capacità di trovare i modi più adeguati per portare alla luce, alla comprensione, ciò che non si è mai visto, si afferma la sua maestria, la sua capacità o meno d'agire artisticamente.

L'impegno di un artista non è dunque quello di fare il mondo semplicemente più grazioso, ma di farlo più bello, proprio perché mostrato nella sua verità, nella verità del suo essere sentito. Ma questa verità viene a galla solo tramite il confronto con la falsità, in quanto è principalmente nell'atto di mostrare che l'arte può far comprendere ciò che non si mostra, è nell'impiegare un significante che l'arte può mostrare il significato che ricerca, che può mostrare dunque la verità dell'uomo. L'arte non può dunque coincidere con la verità, altrimenti non riuscirebbe a farla comprendere. Essa, per poter mostrare la verità dell'uomo, deve inviarci il suo riflesso. Se coincidesse con quella, sarebbe solo natura, e non il frutto di un'attività umana.

Così, d'altro lato, nemmeno la verità dell'uomo mostrata nel riflesso dell'arte non potrà mai essere solo un concetto. Un uomo, come essere che pensa e riflette, non può dunque coincidere con l'oggetto della sua riflessione, non può in definitiva coincidere con se stesso. Un uomo, nella sua realtà, sarà solo ciò che si vede, non la sua verità; e in ciò che si vede, non vi è la verità dell'uomo, ma solo la sua immagine, ossia l'unica via per condurci a quella, proprio perché è essa la sola realtà dell'uomo, ossia la sola realtà che si riferisce a lui, e che può significarlo.

Nel carattere d'immagine, di significato della realtà umana, vi è dunque l'unica possibilità di mostrare la verità dell'uomo, ciononostante non è quella la sua verità. Difatti questa non coincide con lui. La verità dell'uomo, per enunciarsi, deve passare per la falsità, ossia passare attraverso la sua immagine, senza poter in ogni caso coincidere con essa, senza potersi fermare in essa.

L'impegno dell'artista è proprio quello d'agire nella falsità, nell'apparenza, per offrire il senso delle cose. La sua opera non è dunque l'opera in sé, ma piuttosto, intaccando la determinatezza delle leggi della natura, la complessa dimostrazione della verità umana. E' in questa prospettiva che egli opera qualcosa che appartiene ad ogni uomo, che appartiene alla capacità d'essere pensato da ogni uomo: la sua verità.

Per questo motivo l'artista non può prendere in considerazione solo la sua idea, ma bensì anche le ragioni universali della materia. Non si tratta perciò in arte di far sì che la materia si trasformi in un'idea, come ad esempio per la progettazione di un qualsiasi strumento funzionale in cui la materia serva solo da struttura sostanziale, ma piuttosto che la materia, al fine di costituirsi in una nuova forma, possa tramite l'artista intrattenere un dialogo costruttivo con l'idea.

La scommessa dell'arte non è dunque l'annichilimento della materia in un'oggettività anonima, ma piuttosto il connubio con l'idea dell'uomo, ossia la ricerca del modo migliore in cui essa possa entrare in rapporto con quel senso che gli è estraneo, il senso dell'uomo appunto. Di conseguenza il modo in cui l'idea potrà essere una realtà e non solo una fantasmagoria, apparterrà alla felicità di quell'unione. Questo perché senza la concretezza della materia l'idea sarebbe solo un delirio, un delirio d'onnipotenza, un delirio nefasto per la verità dell'uomo, proprio perché la sua verità non è consegnata solo ad un'immagine, ma ad una realtà, ad un'immagine vera, ad una materia effettiva.

Essendo il dialogo un prerequisito alla collaborazione tra gli uomini, esso lo è anche per il rapporto che intercorre tra la materia e l'idea; lo è appunto come presupposto indispensabile per un'azione significativa nel mondo. E' con questi presupposti che l'azione artistica può produrre qualche cosa che ha senso, qualcosa che possa appartenere al senso dell'uomo. E' divenendo con l'arte consapevole di sé che l'uomo opera per comprendere ciò che è; opera per attuare una consapevolezza, quella di non essere solo un'idea, di non essere solo se stesso, ma di appartenere a qualcosa che è altro: appartenere la complessità dell'esistente.

I segni che fanno epoca

Nonostante i fatti storici possono a volte rimanere sconosciuti o di controversa interpretazione, in quanto ogni azione è destinata ad essere dimenticata col passare del tempo, ciò che in ogni caso rimane dell'azione umana nella storicizzazione di questo, è il carattere d'epoca. Questa, l'epoca, potrà designare che un tempo non è trascorso invano quando sarà in grado di permettere all'uomo di maturare delle esperienze atte a comprendere qualche cosa in più delle sue possibilità, ossia quelle possibilità che prima d'allora non conosceva.

Il senso della storia è dunque l'insieme delle conoscenze che il tempo ha permesso. Queste sono parte della nostra vita, e lo sono perché qualcuno, in una determinata epoca, ha deciso d'agire diversamente da come sino ad allora si è agito.

Queste decisioni degli uomini non nascono dal nulla, ma dal desiderio di libertà nei confronti delle determinazioni naturali. Esso è anche ciò che offre al fare artistico il suo carattere esoterico, ossia la possibilità di sottrarre l'azione umana alla banalità della sua ripetizione. Un'azione che si salva dalla banalità divenendo artistica, è quella che offre all'esperienza la possibilità di divenire una vera e propria riserva di conoscenza non riproducibile, ossia di quella conoscenza che non si manifesta come ovvia in un qualsiasi sistema di riproduzione sia scientifico che tecnologico.

Quando opera invece la riproduzione ciò che si esplica è la chiarezza. Nel suo ripetersi vi è un riconoscimento. Quando la riproduzione opera, ciò che è in opera è l'affermazione dell'uguaglianza. Qui è il sé che si mostra al riconoscimento come medesimo. Nella sua disponibilità a restare invariato si produce l'evidenza del riconoscimento, si stabilisce quella stabilità dello *stesso* che continua ad esserci.

Ed è in questa stabilità che si sedimenta il ciclo del confronto che produce il riconoscimento dell'identico come pure il suo opposto. Un opposto che sarà dunque un *non riconoscimento*, che potrà dunque essere ad esempio un'idea non comune, da qui il suo carattere esoterico. Quest'idea non comune rappresenta dunque la sacralità di ciò che ci si aspetta senza vederlo, di ciò che si spera senza immaginarlo. E' la fiducia del fatto che solo ciò che non è ancora posto nella luce della ripetizione possieda ancora una riserva di verità inesplorata, di verità resa inaccessibile alla ripetizione dal carattere esoterico dall'unicità.

L'opera difatti quando viene alla luce non porta in chiaro nulla, essa evoca piuttosto solo un bagliore, offre qualcosa come possibile, e ciò, in fondo, è quanto ha più senso del chiarore stesso. Il chiarore difatti non può che esaurire, svuotare la disponibilità del possibile, e si rapprende nell'ovvietà di un tempo che incessantemente passa, che incessantemente rimane *indietro* rispetto al presente.

Quando un artista appone per esempio la sua firma ad un'opera riprodotta serialmente, non attesta solo d'essere lui l'autore; egli, piuttosto, con la sua mano, con un gesto unico, tenta di sottrarre l'opera riprodotta a quel chiarore che la fa entrare in un *se stesso*. L'artista con la sua firma tenta di conferire all'opera seriale almeno una piccola parte di quel carattere che le apparteneva prima d'essere riprodotta: la sua originalità, ossia ciò che l'ha fatta nascere, il suo gesto, la sua mano. Cerca in un certo senso di ricollegare la riproduzione all'unicità, di rifondare in quella il senso del possibile, il senso del suo essere venuta al mondo.

La firma rievoca il momento della sua costituzione prima del riprodursi. Essa lega l'opera all'individualità, gli consegna il tesoro dell'esperienza, al di là del suo esaurirsi nella luce della riproduzione del medesimo. La firma è dunque l'estremo tentativo di conservare nell'opera, la sua possibilità. Proprio nell'istante in cui essa viene consegnata alla visione, alla sua comprensione, la firma cerca dunque di rivendicare l'indipendenza dell'opera, la sua estraneità all'assimilazione dell'evidenza. La firma rivendica a questa il mistero della creazione, gli rivendica l'irripetibilità del suo evento, il pudore di non offrirsi ad un'esposizione sciagurata che potrebbe esaurirne il senso, distruggerne la verità.

La firma si erge dunque quasi come le mani che tentano di parare un colpo, come un ultimo riparo nei confronti della moltitudine di sguardi che si abbatteranno su di essa. Si stabilisce come pienezza del gesto che ha fatto e che quindi fa l'esistenza, come il gesto che saprà continuare a farla, l'esistenza, proprio perché questa non può essere esaurita nella luce stabile della riproduzione, sia appartenente alla serialità tecnica che di tutti quegli sguardi che la osserveranno. La ripetizione del suo *sé* come *stesso* è difatti l'assimilazione della soggettività nell'oggettività, la quale come assimilazione del possibile in ciò che è ormai finito, vorrebbe concludere l'opera nell'ambito del suo aspetto, nell'ambito della sua *cosalità*.

La firma simbolizza dunque un sé che si unisce ad un altro sé. Simbolizza l'idea che si è unita alla materia, simbolizza l'uomo che ha creato, non nella sua evidenza, ma nella sua idea d'essere uomo.

La celebrazione della libertà

La firma come atto simbolico celebra la creazione, con la sua idealità sottrae la materia da quel fraintendimento ripetitivo atto a ripiombarla nel silenzio incomprensibile della natura. La firma è dunque firma di un patto, non di una sottomissione; sanziona che la materia, per non essere insensata, debba lasciarsi accogliere dall'idea che appartiene ad una mano, e che l'uomo, per non divenire una fantasmagoria, debba continuare a permettere di mostrare il proprio senso in quella *rigidità* che appartiene a tutte le cose. E' in questo patto che la materia può continuare a rimanere il tramite di una celebrazione, salvando in questo modo tutto ciò che il ticchettio del tempo vorrebbe invece ammutolire.

Celebrare è dunque mantenere nel significato. L'atto che celebra è denso d'entusiasmo perché ciò che riconosce è l'incomprensibile. La fantasia che lo fa nascere gli offre il gusto del *non sapere*. Nella celebrazione l'uomo diviene più uomo proprio perché torna ad essere un mistero. Essa si avvale della grandezza di quel mistero che è la vita, proprio per poterla festeggiare. La celebrazione è sempre una festa proprio perché sa contemplare l'incommensurabile. Con essa ciò che si porta alla luce è la magnificenza dell'ordinario, non la sua banalità, ossia quella parte che seppur non abbia effettivamente una vera e propria necessità d'esistere, è in ogni caso ciò che di cui non se ne può fare a meno. E' con l'atto del celebrare ciò che appartiene solo alla sua memoria che l'uomo può affermare la sua libertà, ed è quest'ultima che egli, celebrando la vita, sostanzialmente celebra.

Quando un uomo celebra un altro uomo, di questi ne fa emergere la straordinarietà. Egli non celebra certamente quello che quell'uomo ha compiuto semplicemente per assolvere al suo persistere in vita, ma piuttosto ciò che quell'uomo ha fatto per affermare la sua libertà. Quando un uomo celebra un altro uomo celebra le azioni inutili per sé che questi ha realizzato, quelle azioni che non erano solo per se stesso. Quando si celebra un uomo si celebra l'umanità, l'umanità dell'uomo, la sua eccedenza, tutto quello che quell'uomo non è stato solo per se stesso, tutto quello per cui quell'uomo è stato: libero da se stesso.

La celebrazione unisce quindi tre elementi: il non ordinario: la festa; l'incomprensibile: il mistero; l'inutile: la libertà. E' nella partecipazione di questi elementi che la celebrazione produce il mito. La celebrazione, celebrando l'uomo, lo colloca nell'umanità. Essa propone un altro uomo, non solo animale, ma bensì dello spirito. Questi è l'uomo come genere, l'uomo che ha il carattere principale del genere umano. Il fatto che un uomo possa emergere dal suo isolamento fisico provando ciò che altri provano, è quanto permette la possibilità di uno stato di reciprocità tra gli uomini. I sentimenti difatti nascono dal riconoscimento che gli altri hanno qualche cosa di simile a noi. Senza questo riconoscimento non vi potrebbe essere partecipazione nei sentimenti, non si potrebbe dunque né amare né odiare. Difatti si può amare anche per esempio un animale, ma questo solo quando gli si riconoscono dei tratti che anche noi abbiamo, non quando ci è completamente estraneo.

La celebrazione, evidenziando l'eccezionalità insita nella vita, il suo *surplus*, di fatto ne propone il mito, ossia che sia appunto l'eccezionalità della vita, il suo vero significato. La celebrazione, attraverso l'evocazione emotiva dei suoi riti, asserisce che ciò di cui l'uomo ha veramente bisogno, è la sua libertà, perché è proprio quella, la libertà, che lo fa essere realmente uomo.

Attraverso i suoi gesti rituali apparentemente inutili la celebrazione permette l'apertura di uno sguardo su ciò che gli occhi non possono vedere. Essa apre all'orizzonte di tutto quanto nella condizione umana si mostra come indisponibile, apre a tutto ciò che di questa condizione si può solo immaginare, e che caratterizzandosi miticamente diviene ciò che appare indispensabile affinché il tempo possa possedere un motivo d'esistere.

L'uomo nella celebrazione emerge da quella definizione che lo vorrebbe relegato esclusivamente alla sua realtà, e diviene dunque con essa parte di un disegno più complessivo. I limiti dell'umanamente possibile vengono valicati proprio nel momento della ricerca che l'uomo compie in riguardo al suo senso; ricerca che avviene appunto tramite la celebrazione della sua eccezionalità. Quei limiti sono ciò che lo identificano come singolo: il suo corpo, la sua carne... ossia quella materia che gli appartiene, ma solo perché è stata assolutizzata da tutto il resto, resa appunto *sola* da tutto il resto. Quei limiti difatti non sono limiti fisici, ma mentali, perché è la mente umana che, seguendo le sue esigenze, ha stabilito quei confini. Ed è per questo motivo che essi possono venire valicati. Quei limiti dell'umanamente possibile possono dunque essere oltrepassati solo quando avviene il riconoscimento della reciprocità tra gli uomini, la quale può riqualificare l'esistenza come un evento proprio dell'intera umanità.

E' in questa riqualificazione dell'esistenza che le prospettive possono dilatarsi a tal punto da permettere d'immaginare un luogo dove ritrovarsi nell'eccedenza: un luogo sacro, sconosciuto di certo, misterioso, e che sta molto oltre *se stessi*. Qui l'uomo può partecipare pienamente a quel senso che lo sopravanza, e dove la sua umanità, nonostante gli rimanga sostanzialmente incomprensibile, si legittima. E' in un territorio di questo tipo che l'uomo può ritrovarsi, è in un luogo così che alla fine può festeggiare il ritrovamento degli altri; quelli sfuggiti finalmente all'essere semplicemente una comparsa del suo mondo, proprio perché se ogni uomo muore sempre solo, tutti moriamo sempre e comunque, tutti partecipiamo al medesimo destino.

La parola del mito che apre

L'uomo sa celebrare perché sa portare l'oggettività dentro di sé offrendo alle cose il significato di possedere un senso, ed è proprio in questo modo che egli le mitizza. Difatti le cose acquistano l'immortalità solo nel pensiero. L'oro, ad esempio, è un minerale oggettivamente; per esso "si smuovono le montagne", ma non perché esso è un minerale qualunque, solo perché esso è considerato il minerale per eccellenza, un materiale incorruttibile, solo perché esso si avvicina all'immortalità dell'idea.

In effetti solo ciò che non ha realtà, di fatto non muore, solo ciò che è stato acquisito dalla consistenza del pensiero, può essere eterno. L'oro diviene dunque un mito quando ha perso la sua esclusiva oggettività, quando è divenuto appunto: materia da sogno.

Il mito è proprio questo: la possibilità del futuro; è la guida delle nostre azioni, in quanto non è più qualcosa che può deteriorarsi. Il mito è la materia che si è trasformata, tramite il pensiero, in sogno.

Esso si crea dunque in un rapporto di reciprocità, tra il tipo di pensiero che la materia accoglie, e il tipo di materia che il pensiero assegna; e questo rapporto reciproco d'accoglienza ed assegnazione avviene principalmente attraverso il linguaggio, in quanto è proprio quest'ultimo la forma di pensiero che può avere anche una sua consistenza. Difatti se il pensiero immagina la parola, poi però la sua strada essa la percorre tramite l'impressione, il carattere che le cose hanno preso, ciò che offre alle cose un senso, e che le fa essere capaci d'indicare, di significare.

Quando una cosa è impressa dal pensiero questa, se ha accolto il mistero dell'uomo, allora può prodursi in mito. Un mito è dunque un elemento che possiede la capacita di far insorgere dei sentimenti. Affinché il senso non sia solo un fenomeno di transito tra due luoghi diversi, l'uomo ha bisogno di partecipare a quel movimento che appare come il suo muoversi, parteciparlo attraverso il suo mondo interiore, il suo mondo emotivo. Affinché il tempo non sia perciò un'entità astratta sovrapersonale e possa invece essere *il suo* tempo, ossia il tempo della sua epoca, l'uomo non può che coltivare la passione, deve desiderare il suo futuro, ovvero l'unico modo per poter divenire *sé*. E' attraverso questa partecipazione che il mistero del futuro non potrà celare un inganno, ma bensì essere il nascondiglio segreto del suo tesoro, quel nascondiglio che ogni tesoro, proprio per essere tale, deve possedere.

Senza tesoro dunque non ci sarebbe marcia; senza un oltre migliore, non ci sarebbe senso. Se un oltre del tempo può esistere è perché l'uomo lo crea credendoci, vivendo in prima persona quel mondo emotivo che lo fa essere uomo e non solo un'entità biologica.

Seppur ogni futuro sia temporaneamente all'opposto del passato, non può però esserci futuro che non sia nella sua immaginazione, ossia in quell'immagine che il passato ha creato del futuro. Il futuro non è però connesso al passato solo in una dinamica causale, ma anche nella sua rappresentazione, nella sua possibilità d'essere compreso. Questo perché è attraverso il passato che il futuro acquisisce il suo valore, la sua sostanzialità.

L'immagine che si può avere del futuro non è una pura fantasmagoria momentanea, ma bensì una duratura immaginazione che si articola nel tempo. Ed è con le varie scansioni in cui il tempo si è immaginato, con un corso in cui la fantasia si confronta con la realtà generando le idee, che ciò che si può immaginare può giungere ad una sua maturazione. E' quando si consolida in un'idea che la fantasia può produrre materialmente un fatto, un evento del tempo.

E' inoltre tramite un suo processo che il mito si consolida; questi difatti come una qualsiasi forma materiale muta nel tempo. In effetti è tramite il suo continuo essere preso in considerazione che il mito attraverso il suo incessante apparire matura in consistenza. Questa maturazione del mito è un processo che avviene proprio perché il suo essere è trasmissibile. Esso vivendo nel linguaggio vive e matura attraverso il suo continuo essere comunicato. La creazione fantastica che risiede alla sua origine perde il suo carattere arbitrario ed irreale quando si consolida nella consistenza di un'emotività condivisa, ossia di qualcosa il cui valore non è più solo individuale. Nel suo essere considerato il mito acquisisce la sua realtà, divenendo qualche cosa che non appartiene più solo a chi lo ha prodotto; ed è a questo stadio della considerazione che ciò che è stato generato assurge alla fama. Questa sancisce la gloria del mito, offrendo a ciò che è stato, (ciò che è stato vissuto), il senso della ricchezza dell'esperienza, ossia ciò che è indispensabile per poter offrire un motivo all'incomprensibile. La fama come la cornice di un quadro arricchisce il mito permettendogli di fissarsi nel tempo, in modo che di quello, per poter comprendere il senso del futuro, non si potrà più farne a meno.

La critica e la lode

La fama del mito a questo punto potrà essere posta in forse solo dalla critica, la quale è un dire che riapre costantemente il caso di ciò che è stato detto. Essa si oppone a questi per portare alla luce ciò che non lo è ancora stato. E' in questo modo che essa dice affinché qualcos'altro smetta d'essere detto. La critica vuole sopravanzare con la sua novità ciò che gli appare inadeguato. Essa si pone dunque come competizione del dire, e agisce il suo confronto come opposizione al detto. La critica cerca il trionfo delle sue affermazioni. L'esito di questo confronto non è però mai assicurato, ed è proprio per questo motivo che essa può anche rafforzare ciò che critica. Quando la critica non ha ragioni a sufficienza per sostenere ciò che ha preso di mira, è ciò che è stato criticato ad uscire rafforzato, e non solo perché ha retto alla critica, ma perché di esso se n'è nuovamente parlato.

La critica difatti considera ciò che viene criticato importante; per lo stesso fatto di considerarlo come criticabile, essa lo avvalora. Già nella sua considerazione vi è dunque il germe della sua possibile sconfitta. Essa, ponendosi nella dinamica dell'opposizione vero-falso, seppur alla fine potrà affermarsi, rimarrà in ogni caso alla mercé di questa dinamica. Operando in questa logica essa entra nel suo corso, e seppur in un determinato momento potrà affermarsi come ciò che è vero, questo sarà sempre relativo alla dinamica della critica, dunque, a sua volta, sempre criticabile. Essa sarà perciò sempre alla mercé del fatto che una prossima critica la possa scalzare, cosa che prima o poi probabilmente accadrà.

In questo senso la critica non può mai vincere per molto, mentre è piuttosto la logica del confronto tra vero e falso che si affermerà in modo duraturo.

Sul senso dell'esistente di fatto non c'è vittoria possibile, proprio perché questo senso non possiede la verità nel suo stato di fatto. La verità del senso dell'esistente appartiene al processo del suo farsi. La verità del senso dell'esistente è la sua creazione. La critica non può quindi vincere, ma è in quello slancio, nell'anelare una vittoria, che essa crea. Essa, nella considerazione, si congiunge a ciò che considera, e nella sua lotta produce i passaggi che realizzano il processo di un senso.

I motivi della critica sono perciò sempre validi, così come allo stesso tempo sempre anche velleitari. In questa duplicità risiede la sua importanza e la sua arroganza. Ciò che la critica tende ad annientare di fatto, per altri versi può essere anche lodato, e quando si loda, anche in questo caso, ciò che si prende in considerazione lo si ritiene importante.

La lode è un dire che asserendo invece un consenso, offre a ciò che considera l'amplificazione. Con la lode si può giungere persino alla celebrazione, di ciò che si loda. Lo scopo è innalzare, mettere in evidenza, la lode si prefigge questo scopo. In essa non è in atto un confronto come nella critica. La lode non genera di fatto nulla, essa come la fama amplifica solo. Il vero di ciò che si loda, si trova assecondato, e non rischia di divenire né più falso né più vero. Nel lodare l'impegno emotivo che esiste nel confronto critico è assente. Nella lode non serve competizione, ma piuttosto l'innalzamento fantastico della celebrazione.

Quando alla lode manca questo aspetto, essa acquisisce le sole forme dell'asservimento. Si può quindi servirsi del lodare per essere servitori e serviti. Il lodare stabilisce un legame di compiacenza strumentale che né produce, contestando, né costruisce, glorificando. L'asservimento della lode in questo caso è più una strategia di compiacenza atta al mantenimento di uno *status* esistente. Questo compiacere non conduce dunque mai alle vette della gloria perché mantiene, con il suo servilismo, l'apparenza del dire nel limbo del non dire. Per le medesime ragioni non conduce nemmeno mai ad un confronto o conflitto. La sua strategia principale è dunque quella di dire per non dire. Il suo obiettivo: ottenere senza impiegare. Sta di fatto che se la critica e la lode celebrativa possono produrre senso, l'asservimento manca della passione necessaria per mettere in gioco l'uomo e permettergli d'entrare nel processo metafisico del suo senso.

Va però sottolineato che anche la critica e la lode effettiva possono soccombere all'insensatezza. Ciò avviene per la prima quando essa si accontenta del puro gioco competitivo, senza interagire realmente con ciò che critica, mentre la lode, per far comprendere il valore di ciò che considera e farlo davvero crescere, deve possedere anche un alto contenuto simbolico. La lode in sostanza deve essere in grado d'apportare del significato ulteriore, altrimenti può facilmente trasformarsi in un esercizio di pura retorica.

Ciò che è importante, ciò che ha valore

La condizione esistenziale si prefigura nella vita; questa trascorre nella dimensione temporale, ciò implica che la dimensione in cui si vive sia perciò sempre connotata da un tempo trascorso e uno da trascorrere. Nel tempo trascorso si maturano delle esperienze, si impara a discernere ciò che è importante per la propria vita, ciononostante, queste esperienze, sono sempre limitate al tempo che si è trascorso; esse non sono mai esaustive, pertanto non si può nemmeno mai possedere la completa conoscenza di ciò che è realmente importante per sé.

A questo livello assume rilievo l'atto di dire, ossia la possibilità di condivisione delle proprie esperienze. Attraverso ciò vi è la possibilità d'ampliare il campo della propria esperienza, di possedere dunque maggiori mezzi per discernere in modo sempre più appropriato ciò che è importante per la vita, per la propria vita.

E' su questa base, su questa esigenza, che si costituiscono le professioni retoriche. Queste si mettono al servizio del dire come mezzo per far conoscere ciò che dovrebbe essere importante sapere. Esse non hanno una valenza scientifica, non si prefiggono in modo principale la comprensione dei fenomeni, ma piuttosto di farne comprendere il valore.

Il professionista del dire, come operatore mediatico, non è comunque semplicemente uno "strumento" a servizio della conoscenza, ma è anche colui che valutandola, le accredita valore. La sua attività non è perciò la trasmissione della conoscenza in maniera neutrale, ma la valutazione dell'importanza che essa ha, ed è in questa operazione valutativa che ciò che egli dice rientra nella determinazione del valore della conoscenza.

Il termine conoscenza si deve però qui intendere in senso ampio, si deve intendere sia la conoscenza ottenuta attraverso dei metodi particolari, come ad esempio quelli scientifici, così come altre forme basate ad esempio sulla testimonianza, l'osservazione personale, ecc. Il professionista del dire considera la validità degli elementi che possono avere un valore, basandosi principalmente sulle sue conoscenze e sulla sua singolare esperienza, saranno queste che determineranno l'opportunità o meno di trasmettere delle informazioni. Quando egli può operare autonomamente questa valutazione, l'opportunità d'offrire o meno una notizia si baserà principalmente su ciò.

Il processo del dire può quindi avere come riferimento sia il valore d'utilizzo che l'idealità. Se il primo ambisce a permettere una conoscenza del fare nel senso dell'opportunità, ossia ad indirizzare verso un orientamento dell'azione in funzione a dei fini e per il mantenimento di uno *status*, il valore ideale auspica invece ad essere un riferimento per il futuro. Avere questo secondo riferimento implica possedere un approccio analitico della storia. In effetti ogni profezia è una sintesi di ciò che è stato, una sintesi che considera il passato come qualche cosa che si confronta attivamente con l'attualità. Il professionista del dire che crede di dover offrire un carattere ideale alle sue considerazioni, è portato a compiere diverse comparazioni. Se queste avranno come scopo una visione del mondo nell'ordine di ciò che è giusto, quelle comparazioni si avvarranno anche di tutte le analisi storiche che sono state in grado di individuare gli errori e le ingiustizie della storia; altrimenti, se le comparazioni avranno l'esclusivo fine d'individuare ciò che è solo più opportuno, esse potranno facilmente prendere la strada della semplice individuazione dell'idea generale, ciò che è in voga, con il solo scopo d'adattarvisi.

In quest'ordine il professionista del dire diviene senso dell'opinione corrente, proprio perché la sua verità si forgia, non sulla giustizia, ma sulla generalità. Egli affidandosi all'apparente necessità e verità della moltitudine, tende a ricavare un concetto generale che non gli richieda un'implicazione morale. Ispirandosi alla pseudo-giustizia dei più, egli rischia in questo modo di divenire il semplice megafono di un giustizialismo incosciente. Ciò perché la generalità non può mai essere vera.

La generalità non è altro che una tendenza, essa si propone come modalità e non come assunto, questo a differenza della modalità si offre sempre e in ultima istanza ai sensi, ed è perciò sempre particolare, si dimostra sempre nella singolarità. La coscienza collettiva difatti non appartiene alla collettività, ma ai singoli che la compongono.

Così come il bravo attore non interpreta mai un tipo ma assume se stesso in ciò che recita, offrendogli uno specifico imparagonabile e non interscambiabile, così anche il professionista del dire, se si affida alla generalità del *detto*, riporta semplicemente la tendenza di un fenomeno, e non la sua verità. Quest'ultima esiste solo se egli sa, come l'attore, riportarla nella propria vita, e giudicarla attraverso essa, giudicarla attraverso il proprio sentire. Quando egli non considera se stesso in quello che dice, egli diviene semplicemente amplificatore di ciò che *si dice*.

Affidandosi alla maggioranza dei *dire*, ritenendo che quando più persone parlano della medesima cosa, allora questa è anche più vera, egli propone la conformità come criterio di correttezza. Ma questa non è altro che una tendenza, o meglio, la tendenza che i più hanno adottato, anche semplicemente perché altri l'hanno adottata, o anche solo perché altri ancora, a loro tempo, l'hanno adottata. In questo modo, affidandosi ad una sorta di pseudo-democrazia dell'opinione pubblica, ciò che si persegue è il disimpegno della responsabilità individuale, il quale può rivelarsi come una vera e propria negligenza con effetti distruttivi.

Nel considerare i fatti semplicemente nella loro generalizzazione, è facile perciò contribuire alla creazione di strutture inconsapevoli che divengono esse stesse regolatrici della vita, le quali, nella loro astrazione e ripetizione incondizionata, hanno perso il contatto primario con la necessità d'agire per il senso dell'uomo. Questo perché la generalità non ha alcun contatto con l'individuo, essa non è in grado d'offrire a questi nessuna indicazione, nessun sentimento. Essa si mostra come ciò che conviene, semplicemente perché non chiede nulla, non domanda nulla, perché semplicemente avviene.

Si possono passare giorni e giorni ad osservare scorrere immagini e flussi d'informazioni senza che questi siano in grado di trasmettere effettivamente nulla. L'unica cosa che producono, sono l'indifferenza. L'unica cosa che trasmettono sono un'informazione ricalcata sullo strumento stesso dell'informare, ossia che tra una notizia e l'altra, con l'intento costante di voler informare, e non essendovi la scelta di una distinzione che possa permettere la reale comprensione di ciò che si vuole effettivamente far comprendere attraverso quel costante trasmettere delle informazioni, non si comprenda nulla.

L'informazione costante, agita in modo tecnologico, finisce dunque per non trasmettere più le differenze di valore, ossia ciò che viene agito esclusivamente dal sentimento, il quale è l'unico a permettere di riconoscere attraverso l'immedesimarsi con gli altri, la portata umana degli avvenimenti. Di conseguenza l'informazione non informa più di nulla. In definitiva a questo stadio l'informazione permette solo un'unica cosa: che fondamentalmente non cambia mai nulla, ma anche, e peggio ancora: che nemmeno nulla può mai cambiare.

La generalizzazione del dire produce perciò l'impossibilità. Essa, trasformando le singolarità in tipi, fa sì che l'attore principale del cambiamento, ossia l'individuo, conformi la sua iniziativa in funzione dell'esclusivo criterio d'adeguazione. Il professionista del dire, producendo un'informazione generalizzata, fornisce solo un prodotto neutro e non connotato dal suo sentimento; finendo così per non trasmettere dunque altro che dei riferimenti senza alcun carattere, ossia senza alcun riferimento reale.

Adeguando il suo dire alla formalità del dire, il professionista del dire finisce in effetti per non dire più nulla. Asservendosi alla forma del dire, come l'unica garanzia di neutralità, egli realizza in effetti un prodotto seriale, ossia finisce per divenire un semplice strumento della neutralità generalizzata, la quale non anela effettivamente a nient'altro che rimanere ciò che è, ossia scorrere in continuazione come le lancette di un orologio, il quale si sa, non produce altro che un tempo meccanico e senza futuro.

Essendo la generalità sempre una semplificazione dei caratteri propri di qualcosa, essa è il principale mezzo di un governo spersonalizzato ed ideologico. Assumendo il peculiare nel complessivo, essa interpreta le singole caratteristiche in tipi che possono essere governati da leggi aspecifiche. L'uomo divenuto cittadino sottomesso esclusivamente alla legge, non ha più desideri e paure, ma solo diritti e doveri. In questo modo si organizza un'ideologia governativa astratta e neutrale, fondata sull'assenza di senso. Viene meno dunque qui l'approccio significativo dell'esistere, viene a perdersi, assieme alla sua dimensione visionaria ed immaginativa, la possibilità profetica dell'uomo.

L'uomo del diritto e del dovere è l'uomo il cui vivere è organizzato e diretto dalla complessità sociale. In questa meccanica gli uomini possono solo essere premiati o castigati, a seconda dell'avere o meno assolto alle funzioni che gli sono state assegnate giuridicamente e moralmente.

Infrangere una legge comporta una multa, una pena. Distinguersi in un ambito professionale, un riconoscimento pubblico, una premiazione ufficiale, un guadagno ingente di denaro, dei privilegi "annessi". Il governo ideologico, attraverso queste operazioni, accredita valore o disvalore alle singole persone. Una persona può in questo modo divenire all'opposto un criminale o un grand'uomo. Può divenire una persona ammirevole o riprovevole. In entrambi i casi essa sarà però portata a diritto di cronaca, all'esemplarità, e la fama potrà investire dunque sia colui che la società biasima che colui che adula.

Il successo prodottosi da questo tipo di fama sarà però legato solo al carattere esemplare, non personale. Come il santo e l'eroe o il grande criminale, questa figura di successo non opererà per il senso dell'umanità, ma piuttosto per offrire un campione di moralità, per offrire un ulteriore criterio di giudizio su ciò che deve ritenersi bene o male per la società, per offrire un criterio ulteriore all'attribuzione o meno di un valore funzionale della persona stessa.

L'uomo che risponde al senso dell'umanità, piuttosto che a quello della generalizzazione, è colui che risponde invece al senso del suo essere nato, piuttosto che a quello d'essere un modello. Quest'uomo è colui che vive la sua vita come irriproducibile, e il cui destino non è già determinato da nessun esempio aprioristico. Esso è dunque un luogo che solo a lui compete cercare e costituire. Non può essere individuato in nessun tipo d'esempio generale, perché il suo essere nato e il suo andar incontro alla morte è un fatto sempre singolare ed irripetibile.

Il modello invece non considera le caratteristiche della particolarità come un valore, ma che queste si modifichino adattandosi conformemente al suo essere una matrice per qualcosa d'altro.

Il vivere dell'uomo che non accetta d'essere né un modello buono come nemmeno un modello cattivo, non sarà dunque funzionale a quell'organizzazione sociale che gli indica ciò a cui la sua vita debba servire. Sarà invece il modo di vivere del sistema sociale ad essere funzionale al suo percorso di senso, al suo essere in vita, al senso del suo essere in vita, non viceversa.

Questo essere in vita, ciononostante, non è un fatto privato, proprio perché vivere non è esclusivo, anzi, vivere è comune a tutti gli essere umani. L'umanità è la comunità di quegli esseri viventi che possono comunicarsi questa consapevolezza. All'umanità si appartiene, non in forma di una generalizzazione, ma di una condivisione.

Pertanto l'umanità non si profila come un sistema funzionale, come appaiono invece essere le istituzioni della vita sociale. In queste ultime ciò che importa è il loro scopo, pertanto esse non fanno distinzione affinché questo scopo sia raggiunto da un uomo oppure da una macchina. L'uomo nell'istituzione è solo un apparato, il quale, come una qualsiasi macchina, può essere sostituito senza che ciò comporti alcuna perdita effettiva.

Se al sistema sociale per funzionare sono indispensabili solo le generalizzazioni, ossia le forme che svuotano l'uomo dalla sua sensibilità, per partecipare all'umanità invece si deve essere uomini colmi di sé, del proprio sentire. L'umanità, a differenza della società, è interessata alla completezza dell'uomo, e non gli chiede l'alienazione. Essa richiede la completezza delle persone, perché compone il suo tesoro proprio sulla loro ricchezza d'esseri partecipi alla loro individualità. L'umanità, chiedendo uno sviluppo, chiede sempre e solo tutto quello che non sa. Viceversa un'istituzione sociale chiede sempre e solo ciò che vuole.

La differenza è importante!

L'umanità chiede l'attivazione di tutte le caratteristiche dell'individuo, non solo quelle strumentali. Essa chiede pienezza del sentimento, proprio quel medesimo sentimento che l'evidente neutralità funzionale dell'organizzazione tende a negare, soprattutto quando risulta un intralcio al raggiungimento dei suoi scopi.

Partecipare all'umanità è dunque un atto completamente diverso dal partecipare ad un'organizzazione sociale. Se la partecipazione a quest'ultima comporta il corrispondere a quelle necessità ideologiche che l'hanno fatta nascere, partecipare all'umanità non è mai determinato a priori.

Un'istituzione non chiede l'umanità di una persona, chiede le sue capacità, la sua forza lavoro, la sua intelligenza... Essa da una persona non si attende la novità di una sorpresa. Non vuole affatto stupirsi di ciò che non aveva previsto. Le esigenze delle istituzioni umane non sono le medesime del senso metafisico dell'uomo. Le sue istituzioni sono in genere come una struttura portante, sono interessate a mantenere ciò che già c'è, al più migliorarlo, affinché si possa mantenere più a lungo. Non è perciò nelle istituzioni che si può prefigurare il senso dell'umanità, il suo carattere metafisico, quello che può caratterizzare l'uomo partecipe alla costruzione del senso del suo genere.

Ogni individuo è necessario proprio perché è nato; il senso del suo essere nato, come singolo individuo, si trova collocato nel senso del nascere, come valore universale. Qui l'universalità acquisisce il carattere di una metafisica in quanto il valore specifico è generatore di quello complessivo. L'idea metafisica non è una semplice ideologia governativa, ma profetica. Non si tratta qui di raggiungere degli obiettivi per l'esercizio dei sistemi del governo sociale, ma al contrario, si tratta di preconizzare il senso della propria vita in quello più complessivo del vivere, in quello di quella vita che accade appunto a tutti.

L'idea metafisica, come messa in comune di un indirizzo del vivere tramite la possibilità del dire, è quanto permette un'immaginazione complessiva del futuro come umanità;

un'immaginazione che può dunque profilarsi come una messa in comune di quel senso singolare che ad ognuno compete nell'atto stesso di vivere. Quest'ultimo non è dunque solo una classificazione temporale, ma piuttosto è il senso, il valore, del singolo essere nati.

Difatti il presente non avrebbe alcun valore se non fosse posto in relazione alle sue possibilità future, al suo essere una possibilità per ciò che viene, una possibilità destinale.

A diversità di un obiettivo al quale interessa solo il raggiungimento del suo scopo, all'essere nati non interessa l'invecchiare, ma bensì che ci sia un dopo, ossia che questo essere nati abbia una via di fuga, abbia un tempo posto oltre il tempo, appartenga ad una prospettiva complessiva, cosmica, divina. Altrimenti la vita non può avere alcun senso.

L'interesse della nascita non è dunque né strumentale né strutturale, perché non si nasce né per assumere delle funzioni, come nemmeno per esercitarle, ma piuttosto per vivere, per essere attivi all'interno di un andare che per le sue caratteristiche ci resta oscuro, in questo senso metafisico, e che proprio per questa incomprensibilità, per questo non essere un semplice fatto, possiamo solo immaginare.

E' per questo che ciò che può ispirarci non può che essere un'idea piuttosto che un ricordo. Un'idea che traduca uno sguardo orientato sull'incognita del tempo, sull'imprevedibilità del futuro. Un'idea frutto di uno sguardo sul nulla, di un vedere che ha inseguito il percorso del proprio vivere, cosicché sia in grado di rivelarci quei nessi per realizzare l'unica creazione che oltre il tempo ci attende: la nostra profezia, il nostro reale successo.

Indice

www.temperino-rosso-edizioni.com